KB180358

# 부엌에서 지중해를 보았다

밥 차리는 남자의 단짠단짠 인생 자문자답

# 부엌에서 지중해를 보았다

**초판 1쇄 인쇄**   2019년 6월 10일
**초판 1쇄 발행**   2019년 6월 15일

**지은이**   이지형
**그린이**   최청운

**펴낸이**   김연홍
**펴낸곳**   디오네

**출판등록**   1999년 10월 12일 제2-2945호
**주소**   서울시 마포구 성미산로 187 아라크네빌딩 5층(연남동)
**전화**   02-334-3887    **팩스**   02-334-2068

**ISBN**   979-11-5774-634-7   03810

밥 차리는 남자의 단짠단짠 인생 자문자답

# 부엌에서 지중해를 보았다

**이지형** 지음 | **최청운** 그림

**디오네**

부엌, 신비한 공간이다.

남자에겐 더욱.

양파를 잘게 써는 것으로 하루를 시작한다. 나무 도마 위에 초겨울 눈꽃으로 쌓인 양파를 접시에 옮기고, 마른 미역 한 줌을 물에 담근다. 가볍게 헹구고 씻어 밤새 냉장고에 재워 두었던 쌀을 꺼낼 차례다. 추청(秋晴) — '가을의 맑음'이란 고운 이름의 쌀. 촉촉한 쌀을 압력솥에 넣고, 찰랑할 만큼만 물을 붓는다. 그 위로 마른 톳 한 움큼.

압력솥이 치이~, 소리를 낸다. 불을 줄인다. 생기를 얻은 미역을 꺼내 무친다. 약간의 간장과 식초면 그만. 접시 위에서 홀로 최루 성분을 내뿜던 양파를 칼과 손으로 들어 그 위에 얹는다. 조리용 비닐장갑을 낀 왼손으로 조물조물, 고춧가루로 마무리. 미역무침을 맛보며 나지막이 읊조린다.

미역은 늘 옳아.

마늘을 잊었다. 다시 칼을 들고, 마늘 몇 개를 얇게 저민다. 알싸한 향이 배어 날 때쯤, 프라이팬을 달구고 올리브유를 두른다. 잔뜩 달아오른 기름 위로 마늘을 던진다. 창백하던 마늘이 황금빛 올리브유를 머금고 건강한 색을 얻어 갈 때쯤 고소한 향이 난다. 지중해의 햇빛을 받고 자란 올리브 열매의 향이 여태 살아 있는 걸까. 이집트 노동자들의 피로를 달랬다는 마늘의 향도 그때 그대로일까. 짐짓 시간과 공간을 잊는다. 잠시, 아찔하다.

부엌은 오랫동안 나의 거처다.

불과 물이 만나는 곳. 수분 한껏 머금은 식재료들을, 삶고 굽고 볶고 찌고 데치는 동안 날마다 진기한 일이 벌어진다. 초록의 야채들은 생기를 잃고, 숙성을 얻는다. 빨갛고 흰 육류들은 검붉어지거나 노릇해지면서 풍미와 온기를 품는다. 냄비와 프라이팬 위에서 불과 물이 서로를 탐하는 동안 탄생하는 몇 가지 요리들. 냉장고 안에서도 여전히 거칠고 비리고 풋내 나던 야생의 식재료들이, 제 속으로 꼭꼭

숨기고 있던 맛과 향을 일제히 드러낸다. 인도네시아산 고무나무로 만든 우리 집 기다란 식탁이 북적해지는 소리.

———

대학 다니는 큰애가 부러울 때가 있다. 뻔한 아르바이트 살림으로도 그는, 한 달에 한 번은 단골 식당을 찾아 스시를 맛보고, 쌀국수를 흡입한다. 동대문 근처 어디 인도 커리가 맛있더라, 한마디 일러 주면 어김없이 그곳에 가 있다. 인증 샷을 보내오기도 한다. 돼지고기 가지런히 담긴 돈코츠 라멘 한 그릇과 그 옆 생맥주 한 잔을 다소곳한 이미지로 보냈을 땐 "너, 지금 어딘데?" 소리칠 뻔했다.

알뜰하고 살뜰한 그의 미식을 격려하고 응원한다.
하지만, 부러워하지만은 않는다.
넌, 부엌의 일상을 모르잖아.
부엌의 위로와 안락을, 넌 아직 모르잖아.

날도 채 밝지 않은 새벽. 오늘도 부스스한 머리, 허술한 차림에 앞치마를 두르고 부엌으로 진입한다. 밤새 누구도 건들지 않은 적막한 공간으로 걸어 들어가면서 나는 깊은 산속을 헤매는 것도 같다. 이슬 맞은 대나무 잎들 파르르 흔들리는, 단아한 숲의 끝자락에 자리한 산사(山寺)를 향해.

그곳에서 나는 날마다 선(禪)한다.
칼과 도마와 냄비와 프라이팬을 차례로 바꿔 들고, 갖가지 식재료를 씻고 썰고 익히면서 세상을 관(觀)한다.

그렇게 나온 요리 주변, 요리 전후의 이야기들을 모았다.
토요일 오전의 한가한 브런치 대하듯 홀가분하게 읽으시기를, 밥 차리는 남자의 실없는 자기고백에 가끔은 피식~ 웃으시기를, 권하고 바란다.

2019년 초여름 북한산 자락에서,
이지형

## 차 례

1부

미역은 늘 옳다

# 미역은 늘 옳다

아침에 일어나자마자 냉장고를 열었다. 한우 사태 한 덩이가 예쁜 포장으로 놓여 있다. 반가웠다. 건강하게 검붉은 색깔의 사태를 꺼내 툭툭, 크지도 작지도 않게 썰고 그릇에 담았다. 다진 마늘을 얹고, 간장 한술을 끼얹어 왼손으로 조물조물 버무렸다. 그걸 달궈 놓은 냄비에 넣어 볶다가 물을 부었다. 끓기를 기다리며 조리대 한 쪽, 물에 불려 놓은 미역을 쳐다보았다. 그리고 생각했다.

미역은 늘 옳아.

정말이지 미역은 늘 옳다. 나를 실망시키는 법이 없다. 식탁에 놓인 미역을 보며 나는 언제나 열광한다. 그러니까, 나

는 미역을 사랑한다. 열광과 사랑의 연원에 대해서도 또렷이
기억한다. 15년 전의 늦은 겨울이었다.


나는 아내, 그리고 그때는 외동이었던 큰아이와 남해의 여
러 곳을 돌고 있었다. 해질녘 어느 마을에 들렀을 때 우리는
막막했다.

어디로 가야 하나.

어디서 자야 하나.

주위를 살피니, 지금으로 치면 해양수산부 산하의 조그만
관공서 건물이 하나 눈에 띄었다. 우리는 무조건 치고 들어
갔다. 우리 가족의 특기다. 낯선 상황, 낯선 사람일수록 친근
하게 대하기 신공 같은……. 들어가서 이것저것 물었다. 그때
사무실의 가장 상석에 앉은 그러니까, 관공서의 책임자로 보
이는 중년이 우리 가족을 물끄러미 쳐다보더니 퉁명스럽게
물었다.

"잘 데 없어요?"

그래. 잘 데 없다. 그러나 언제 재워 달라고 사정했나. 나는
그의 무뚝뚝함과 투박함이 마음에 들지 않았다. 나는 언제
어디서나 누구에게나 잘 웃곤 하는 내 얼굴을 일부러 심하
게 굳혔다. 표변에 가까운 태도를 취하며 나는 중년보다 더

우악스럽게 대꾸했다.

"없어요. 재워 주시기라도 하게?"

그는 못마땅한 듯 나를 위아래로 훑어보더니 한마디만 툭 던졌다.

"그럼, 나 따라와요. 재워 드릴 테니."

"네?"


중년은 혼자가 아니었다. 아내, 그리고 우리 아이보다 큰 아이 둘이 어디선가 나타났다. 관공서의 직원 두엇도 따라 나섰다. 그들은 승합차에 우리 가족을 싣고 바쁘게 어디론가 향했다. 그런데 어디로 간다는 말은 내내 없다.

"어디 가시는 건데요?"

"와 보면 알아요."

다시 재수 없었다. 그래도 그냥 따라갔다. 처음 와 본 곳이라 경황도 없는데, 재워 준다는데 마다할 일 없다. 게다가 관공서 사람들이니 불안해할 필요도 없지 않을까? 그래도 속으로는 엄청 불안해하며 그들을 따라갔다.

헛걱정이었다.


우리가 도착한 곳은 바다에 면한 바위 언덕에 홀연히 솟은 등대였다. 바닷가 등대에 사람들이 묵을 수 있는 부속 건물이 있을 수도 있단 사실을 그때 처음 알았다. 우리는 계획에 없이 한반도 최남단의 어느 등대에서 지극히 낭만적인 밤을 보냈다. 그건 일종의 횡재였다.

그리고 황송하게도 삼겹살에 소주를 곁들인 만찬까지 대접을 받았는데, 그때 그 무뚝뚝하고 투박하며 재수 없는 중년의, 부드럽고 상냥하고 현모양처 같은 아내가 내온 쌈용 야채가 바로 미역이었다. 투명하게 빛을 내는 연한 갈색의 물미역…… . 그건 남해 바다에서 막 뜯어낸 것이 분명했다.

위로는 무수한 별들의 반짝임, 아래론 물에서 금방 튀어나온 미역의 반짝임. 그 청초한 물미역을 빠알간 고추장에 찍어 와그작와그작 씹어 먹으며 나는 미역과 사랑에 빠졌다.

이후 나에게 모든 미역은 옳다. 물미역, 마른미역, 미역줄기, 미역귀 다 좋다. 국, 무침, 볶음, 튀김, 냉채 모두 환영이다. 어떤 형태를 취하든 그날 이후 세상의 모든 미역은, 외로운 등대와 광활한 밤하늘과 밤하늘에 빛나는 별들과 낯선이의 예상치 못한 호의를 듬뿍 담은 바다의 메신저였으므로.

# 양파를 썰다 집을 나갔다

양파를 생각할 때마다 가슴이 쓰리다. 찢어질 것 같다. 현란한 칼놀림 때문에 겪어야 했던 부당대우가 있었다. 짜장면이나 짬뽕 옆, 노란 단무지와 함께 가지런히 썰려 나오는 하얀 양파 앞에서, 나는 요즘에도 분노를 느낀다. 어느 늦은 가을의 일요일에 일어난, 뜻밖의 일을 나는 여태 잊지 못한다.

별나게 한가한 날이었다. 동네 시장에 마실 나가 해삼 세덩이를 샀다. 멍게니 해삼이니 하는 것들은 철 지나면 못 먹으니 그때그때 먹어 줘야 한다. 10~11월 지나, 날 쌀쌀해진다 싶으면 해삼 철이다. 뭐 어쨌든, 집에 돌아오고 두어 시간 후 저녁 준비를 위해 해삼을 꺼내 놓고 잠시 고민했다.

날로 먹을까, 익혀 먹을까.

익혀 먹기로 했다. 중식당에서 먹어 본 해삼의 풍미를 집에서 즐기고 싶었다. 사실 중식당의 해삼요리는 댈 것도 아니다. 제철의 싱싱한 해삼이 뜨거운 기름과 섞이며 내뿜는 풍미를 중식당의 말린 해삼 따위가 어찌 당할까.

해삼의 배를 가르고 실처럼 생긴 주황빛의 내장을 뽑아낸 뒤, 듬성듬성 썰었다. 냉장고 야채 칸에서 마늘과 브로콜리와 표고, 양파를 꺼내 함께 썰었다.

여기까진 별일 없었다.

해삼과 야채들을 프라이팬에 들이부으면서 문제가 생겼다. 뒤늦게 합류한 아내가 재료를 볶으면서 무미건조하게 한마디 했다.

"양파를 너무 잘게 썰으니까 요리가 지저분해지는 거 같아."

나는 아무 말 하지 않았다. 아이들과 함께 저녁상을 준비했다. 아내가 프라이팬 채 내온 그 황홀한 풍미의, 그러나 잘게 썬 양파 때문에 지저분해진 해삼야채볶음을 조용히 먹기만 했다. 한가한 일요일 저녁의 식탁에서는 참으로 고즈넉한 대화가 오갔다. 나는 끼어들지 않았다.

대신, 집 나갔다.

휘황한 일요일의 밤거리를 홀로, 외롭게 걸었다. 울고 싶었다. 지저분하다니, 양파 때문에 지저분하다니……. 밤거리를 쓸쓸히 걸으며 나는 해삼야채볶음에 투하한 양파에 대해 생각했다.

인정한다. 나는 양파를 너무 잘게 썬다. 그러나 괜히 그러는 게 아니다. 춘장에 찍어 먹으라고 나오는 중식당 생양파를 빼면 나는 양파에 거의 손을 대지 않는데, 그건 열을 받아 축 늘어진 양파의 모습이 입맛을 떨어뜨리기 때문이다. 그게 싫어 나는 양파를 썰고 또 썬다.

그러나 나의 신들린 듯한 칼질을, 아내는 요리를 망치는 주범으로 지목했다. 수긍하기 어려웠다. 밤새 거리를 쏘다니고 싶었으나, 어딜 가겠나. 불러낼 친구도 없는 일요일이다.

집으로 돌아갔다.

아내는 "일요일 밤에 어딜 그렇게 돌아다니느냐"고 했다. 나는 쳐다보지 않았다.

밤이 지나고 언제나처럼 월요일이 왔다. 나는 아무 일 없었다는 듯, 아내와 함께 아침을 준비했다. 미역줄기를 먹기로 했다. 멀리 완도에 사는 사촌 누이가 올려 보낸 미역줄기 한 움큼이 냉장고에 오롯했다. 잔뜩 뿌려진 소금에 수분을 빼앗겨 깡마른 마트의 것과는 차원이 다른……. 초록을 머금은 완도산 미역줄기가 투명하게 빛을 냈다.

나는 미역줄기를 30분 정도 물에 담가 소금기를 뺀 뒤 먹기 좋은 크기로 잘랐다. 이제 프라이팬에 볶으면 된다. 미역줄기볶음에 별다른 재료는 필요하지 않다. 당근을 조금 썰었다. 비린 맛을 잡기 위해 마늘 두어 개를 다졌다. 그리고, 그리고 말이다. 큼지막한 양파를 하나 꺼내 들었다.

혼신의 힘을 다해 양파를 썰었다. 가지런한 양파채를 가로로 돌려놓고, 나는 다시 온 마음과 정성을 다해 칼을 놀렸다. 고등학교 수학 시간에 정신 집중하고 미분(微分)을 하던 심정으로 양파를 다졌다.

잘게 썰어진 양파가 하얀 눈꽃의 형상으로 도마 위에 피어날 때쯤, 내 눈엔 눈물이 고였던 것도 같다. 정말 그랬다면, 그건 아마도 강한 최루(催淚)의 성질로 자신을 보호하는 양파의 황화알릴 성분 때문이었을 것이다.

# 아침에 홍어를 먹었다

  사람의 입맛은 유전될까, 만들어질까.

  어느 정도는 문명사적인 이 문제를 풀기 위해 잠시 세월을 거슬러 본다. 지금은 대학생, 중학생인 우리 집 두 아이가 각각 중1, 유치원생이던 시절의 얘기다. 따스한 봄날의 어느 저녁, 나는 순전히 내가 먹고 싶다는 욕심 하나로 삭힌 홍어와 애(간 또는 내장 또는 둘 다)와 여린 보리 싹을 시장에서 사 왔다. 이제 약간의 된장만 있으면 된다. 어떤 이들에겐 별미이지만, 또 어떤 이들에겐 혐오와 기피의 대상인 홍어애국을 아이들 올망졸망 아직 어린, 4인 가족의 저녁 식탁에 전격 등장시켰다.

아이들이 잘 먹을지 말지, 사실은 그런 것엔 관심 없었다. 그저 가끔씩은 내가 먹고 싶은 걸 먹어야 한다는 생각이었다.

만약 아이들이 제대로 못 먹으면?

그럼 더 좋다. 내가 더 먹으면 되니까.

마늘, 파, 버섯의 향에도 맥을 못 추는 아이들이다. 홍어의 거센 암모니아 향을 견딜 수 없으리라, 더욱이 끓는 과정에서 자신의 파괴력을 배가시킨 홍어를 버텨 낼 순 없으리라 확신했다. 나는 홍어애국에 대한 아무런 사전 정보도 주지 않았고, 불쌍한 아이들은 아무 생각 없이 그 독한 걸 입에 떠넣었다.

"우와, 완전 시원한 맛이야."(중딩)

"코가 빵 뚫린다. 이게 뭐야."(유딩)

아이들의 코가 시원하게 빵 뚫리는 동안, 나는 기가 콱 막혔다. 이해하기 어려웠다. 홍어는 삭는 과정에서 감당하기 어려운 냄새를 뿜어낸다. 홍어 몸에는 요소(urea)가 다량으로 존재하는데, 이게 발효 과정에서 암모니아로 변한다. 코를 찌르는 냄새에 사람들은 얼얼하다. 오만상을 찌푸린다. 그러나 우리 아이들은 전혀 얼얼해하지 않았고, 찌푸리지 않았다. 좋다고 먹어 댔다. 이 입맛은 유전인가, 학습인가.

야밤을 틈타 적을 공격하는 게릴라처럼, 그야말로 기습적으로 내놓은 메뉴였다. 아이들은 아무런 준비도 할 수 없었다. 허를 찔렸을 것이고, 갑작스런 아빠의 공격에 방어 태세를 갖출 만한 여유도 물론 없었다.

　상황이 이렇다면 아무래도 입맛은 유전으로 봐야 하지 않을까.

　나로부터 형과 아버지·어머니로 가계를 거슬러 가면서 확신은 강해졌다.

　모두들 홍어를 잘 먹는다.

　그런데 가계가 이어져 온 지역을 떠올리면 문제가 복잡하다. 목포의 앞바다에서 홍어를 삭힐 시간만큼 영산강을 거슬러 올라가면 나주(羅州)가 나오는데, 그곳이 삭힌 홍어의 알려진 본고장이다. 부모님은 딱히 나주는 아니지만, 거기서 멀지 않은 곳에서 자란 남도 분들이다. 지역적 특색에 따른, 그러니까 학습에 의한 입맛일 가능성을 배제할 순 없다. 내가 모르는 사이 아이들이 할머니 집에 놀러 갔다가 홍어를 맛봤을 가능성이 있다.

　이런 쓸데없는 생각 끝에(문명은 어디 가고!) 급기야 나는 이벤트 하나를 생각해 냈다. 제대로 푸욱 삭힌 홍어를 구해, 아

침 식탁에 내어 보기로 했다. 학습된 입맛으로는, 붉은빛 감
도는, 강한 암모니아의 홍어회를 감당하긴 아무래도 어려울
것이다. 상대적으로 먹기 편한 홍어무침 따위를 맛본 적이 있
다 해도 '아침에 홍어'의 강한 향과 아린 맛을 감당하지 못할
거라 추측했다. 선천적인 입맛이 아니라면 불가능한 일이다.

결정을 했으니 행동으로 옮겨야 한다.

신중하게 거사(擧事)의 날을 잡았다.

마침내 그날이 왔다.


"얘들아, 아빠가 오늘 아침엔 특별한 음식을 준비했단다!"

나는 애정이 듬뿍 담긴, 부드러운 목소리로 아이들을 불
러 모았다. 각각 중학교와 유치원으로 향하기 직전 아침 식
탁에 앉은 아이들의 접시에 붉게 삭힌 홍어를 여러 점씩 올
려놓았다. 잘 삭아, 색이 아주 벌갰다. 이쯤 되니 '유전이냐,
학습이냐?' 하는 학구적 흥미는 사실 사라졌다. 그보다 '아
이들이 저 빨간 홍어를 먹고 나서 얼마나 괴로워할까? 아이,
고소해라.' 그런 생각만 들었다. 나는 웃음을 참으며 식탁 옆
에 서서 조용히 팔짱을 끼었다.

참 평화로운 아침이었다.

두 아이도 조용히, 아무런 동요 없이 홍어회를 집더니 냠

냠, 맛있게 먹기 시작했다. 그냥 그렇게 하염없이 집어 먹었다.

그림처럼 잔잔한 아침 풍경을 보며 나는, 미각 일반은 모르겠지만 적어도 삭힌 홍어를 대하는 입맛은 선천적일 수 있겠구나, 조심스레 생각해 보았다.

# 엄마 나가면 라면이다

해방 이후 수많은 인스턴트 라면이 명멸했다.

해방이라니, 너무 거창한 이야기일까.

아니다. 라면이란 존재가 우리의 일상에서 차지하는 비중을 생각할 때, 그 정도 표현은 써 줘야 한다고 생각한다. 아주 먼 훗날, 우리의 자손들이 예컨대, 20세기의 한국사를 해방 전후로 나누어 정리할 때, 라면은 분명 해방 후 미시사(史), 생활사(史)의 주요 테마가 될 것이다.

그만 하는 게 좋겠다.


라면의 종류는 무궁무진하다. 생각나는 대로 적어 볼까.

매운 라면, 고소한 라면, 빨간 라면, 흰 라면, 오동통한 라

면, 칼국수 라면, 사골 맛 라면, 비빔 라면, 컵라면······. 컵라면의 종류도 한두 개가 아니다. 새우맛, 불닭맛, 짜장맛, 김치맛, 카레맛, 떡볶이맛······, 원하기만 하면 무엇이든 만들 수 있다. 분말 수프와 건더기 수프의 변신은 자유롭고 자재하다. 라면 제조 회사에 근무하는 식품영양학 또는 화학 전공의 연구자들에게 경의를 표한다.

다시 한번 각설하고, 그런데 도대체 라면은 무엇일까.

'기름에 튀긴 면발'이라는 최소한의 전제만 충족하면 라면이다. 물속에서 끓고 나서도 쫄깃쫄깃한 라면은 무궁무진한 상상력 속에서 다양한 형태로 진화했고, 우리 모두는 그 라면들과 한번쯤은 사랑에 빠졌다.

정확히는 1963년 이후 50년 넘게 라면의 시대가 이어지는 동안 수많은 브랜드가 탄생했는데, 그중엔 '엄마 나가면 라면'도 있다. 우리 집에만 있는 브랜드다. 엄마만 나갔다 하면 두 아이가 잽싸게 밖에서 사다가 끓여 먹는 라면이 바로 '엄마 나가면 라면'이다.

물론 나도 아내만 나가면 아이들과 젓가락 다툼을 벌이며 허겁지겁 라면을 먹었고, 그래서 '엄마 나가면 라면' 대신 '아내 나가면 라면'이라고 쓸 수도 있지만, 당연히 그렇게는 안 한다.

엄마가 두 눈 부릅뜨고 있는 동안 라면이 금기시되는 것은 물론 건강상의 이유다. 집에서는 가급적 신선한 재료로 밥을 차려 먹자는 것이 아내의 원칙이다. 그 원칙 위에 서면 면발을 튀긴 라면의 기름도, 그 기름의 산화도 걱정될 수밖에 없다. 과도한 나트륨도 걱정이다.

누구나 예상할 수 있는 그런 이유들이 다른 집에서는 예상 못할 만큼 강하게 적용되는 바람에 우리 아이들은 라면에 굶주리게 됐고, 급기야 엄마의 외출이 확인되는 바로 그 순간 두 아이 중 하나가 라면을 사기 위해 튀어 나가는 상황이 벌어지게 된 것이다.

아이들은 그렇게 사 온 라면을 감동적인 표정으로 먹은 뒤, 뒤처리에도 만전을 기한다. 라면 봉지와 스프 봉지를 깨끗이 털어 재활용 분류를 위해 비닐만 모아 놓은 바구니에 담고, 기름 흥건한 냄비와 그릇도 깨끗하게 씻는다. 조리대에 남은 건더기 스프의 찌꺼기까지도 없애 버린다.

그러나 그럼에도 불구하고 아이들의 엄마는 '엄마 나가면 라면'의 흔적을 귀신같이 포착해 낸다.

"그럴 줄 알았다. 점심에 라면들 먹었구나!"

나와 아이들은 그냥 친절한 웃음으로 대응할 뿐 특별한

대답을 하지 않는다. 섣부른 답변과 항의가 향후 '엄마 나가면 라면'을 영영 사라지게 할 수도 있단 것을 알기 때문이다. 아이들은 자신들의 행동을 웃음에 숨겨 고백하고, 거기에 미안한 태도를 양념으로 추가하는 것이 '엄마 나가면 라면'을 지켜 내는 방법임을 본능적으로 아는 것이다. 아이들은 그렇게 깊이 '엄마 나가면 라면'을 사랑했다.

그러나 어느 때부터인가 아이들은 엄마가 나가도 더 이상 라면을 사러 뛰어 나가지 않게 됐다. 가끔씩 집에서 라면을 먹게 되더라도 감동 같은 건 없어 보였다. 그냥 권태로운 표정으로 찬찬히 면발을 들어 올리기만 한다. 그건 어찌 보면 당연한 일이다. 다른 모든 음식들처럼, 라면 역시 물리게 마련이다. 그리고 세상에는 라면 말고도, 한 끼를 때울 수 있는 메뉴가 널려 있다. 피자, 족발, 떡볶이, 만두, 핫도그, 샌드위치, 닭꼬치······.

음, 그만 하는 게 좋겠다.

무엇보다 새로운 브랜드에 자리를 내주는 게 모든 브랜드의 운명 아닌가. 아이들이 '엄마 나가면 라면'에 더 이상 집착하지 않게 된 건 또 다른 브랜드의 라면을 알게 됐기 때문이다. '엄마 나가면 라면'보다 훨씬 간편한 '나가면 라면'의

존재를, 아이들은 눈치채고 말았다. 엄마가 나가는 걸 기다리는 대신, 그냥 자신들이 '나가면' 된다는 사실을, 나가서 라면이고 컵라면이고 맘껏 사 먹으면 된다는 사실을 뒤늦게 깨달은 것이다.

그러나 사람은 새로운 브랜드와 함께 추억도 소비한다. 나와 아이들은 며칠 전 오랜만에 '엄마 나가면 라면'을 먹었고, 다시 잔소리를 들었고, 또 한 번 친절하게 웃어 주었다.

# 술 취하면 냉면이다

아이들에게 라면이 있다면, 나에겐 냉면이 있다. '엄마 나가면 라면'에 버금가는 냉면 최고의 브랜드. 충무로·을지로를 중심으로 한 평양냉면, 오장동을 중심으로 한 함흥냉면을 넉넉히 압도하고도 남는 '술 취하면 냉면'이다. 냉면은 나에게 입가심 안주인 동시에, 숙취 해소의 메뉴다. 매번 그러진 못하지만, 술 먹은 직후, 그리고 술 먹은 다음 날이면 나는 냉면을 찾아 거리를 헤맨다. 그건 나름, 생존을 위해 터득한 비법이다. 술 먹고 나면 나는 늘 냉면이 먹고 싶다.

술 때문에 골치 아플 때가 많았다. 술 습관을 잘못 들였는지 취해선, 정신이 오락가락할 때까지 마시는 경우가 십중팔

구다.

왜 나는 술 마실 때마다 그렇게 취하는 걸까.

정신 못 차리고 왜 밤거리를 헤매는 걸까.

곰곰이 생각했다. 사람 좋아하고, 거나한 얘기 좋아하는 천성도 문제이지만, 구체적으로 파고 들어가 보면 무엇보다 '깡술'을 먹는다는 게 문제다. 강(깡)소주, 강맥주, 강막걸리, 강와인, 강위스키까지 나는 어떤 술이든 안주를 거의 섭취하지 않고 마신다. 술만 마셔 대는 거다. 강술, 아니 표준어는 아니지만 어감을 살려 깡술이라 해야겠다. 하여튼 깡술은 묘한 매력을 지녔다.

그러나 그런 식의 음주 행태는 몸의 이상을 불러오기 마련이다. 나이 들수록 몸은 피폐해졌고, 나는 술에 안주를 곁들여야 했다. 생각해 보니 안주를 싫어하는 건 아니다. 먹고 싶지만 잘 먹히질 않는 것이었다. 그게 무엇이든 술자리에만 앉으면 안주에는 관심이 사라진다. 손이 가질 않고, 입에 들어가질 않는다. 그러나 그런 식으론 더 이상 지탱할 수 없었다. 무언가 나에게 맞는 안주를 찾아야 했다.

그때 우연히 알게 된 용어가 '선주후면(先酒後麵)'.

술 먹은 뒤에, 면을 먹는다—.

짧은 한자성어는 내게 복음 이상이었다.

희한하게도 면만은 안주로 잘 먹혔다. 번거롭게 무언가 씹는 대신, 후루룩~ 입으로 빨아들여, 질겅질겅~ 씹는 둥 마는 둥 하면 끝인 국수의 특성 때문일까. 그렇게 안주를 안 먹던 내가 면만은 잘도 먹어 댔다. 탕수육은 안 먹어도 짬뽕은 먹었고, 보쌈은 안 먹어도 칼국수는 먹었으며, 만두는 안 먹어도 냉면은 먹었다. 그게 무엇이든 면, 그러니까 국수만 있으면 술을 먹을 만하게 된 거다.

복음 아니어도 '말'의 힘은 강력하다. 그 모두가 '선주후면'이란 네 글자의 위력이었다. 면을 안주로 먹을 수 있는 술자리로 약속이 잡히면, 대취(大醉)의 우려를 그나마 떨쳐 낼 수 있었다. 술을 먹으면서, 또는 깡술의 직후에 면으로 속을 달랠 수 있으니까. '선주후면'이란 말을 몇 년만 빨리 알았더라도 내 몸이 지금보다 훨씬 건강했을 거다. 필요도 없고, 가치도 없는 후회이지만 말이다.

그보다 중요한 건 주종을 가리지 않는 '선주' 뒤에, 어떤 '후면'을 택할 것인가 하는 문제다. 그리고 여러 번의 시행착오 끝에 건진 나의 궁합이 바로 냉면이다. 그중에서도 흔히

'평양냉면'으로 통하는 물냉면이 나의 숙취를 구제해 주는 '후면'의 대표 주자다.

전날 마무리 안주로 냉면을 먹고 난 다음 날에도, 나는 해장을 위해 다시 냉면을 찾기까지 한다. 그러니까 '선주후면'이란 사자성어 하나 붙잡고 나는, 거친 음주의 세계를 가까스로 헤쳐 나가는 중이고, 그 중심에 '술 취하면 냉면'이 있는 것이다.

물론, 가끔 이런 생각이 들긴 한다.

그렇게 처절하고 복잡한 심정으로 꼭 술을 마셔야겠니?

# 소고기의 세계는 깊고도 넓다

어쩌다 보니 5일 연속으로 소고기를 먹었다. 그것도 밥을 먹는 둥 마는 둥 하는 아침에 그랬다. 큼지막한 스테이크를 매일 아침 양껏 잘라 먹었을 리는 없고, 그냥 국으로 먹다가 카레로 먹다가 했다. 이런 순서였다.

미역국 → 미역국 → 카레 → 미역국 → 카레.

미역국은 아침에도 술술 넘어가니 좋고, 카레는 자고 난 뒤 그저 그런 입맛을 자극해 주니 고맙다. 준비된 소고기도 그래서 스테이크용이나 불고기용이 아니라 먹기 좋게 썰어진 국거리였다.

식재료의 냉동과 장기 냉장을 피하는 우리 집의 특성상, 나는 5일 연속으로 저녁마다 동네 마트를 들락날락했다. 갈 때마다 200g 안팎의 소고기 국거리 한 팩을 샀다. 그렇게 5일 연속으로 국거리를 사는 동안 나는, 어떤 의구심 같은 걸 품게 됐다. 국거리 하면 그동안 양지·사태만 생각했는데, 그게 아니었던 거다. 놀라움이 꽤 컸기 때문에 하루도 빠지 않고 포장을 눈여겨보며 5일간의 구매 내력을 순서대로 기록까지 했다.

꾸리살 → 설깃살 → 양지머리 → 보섭살 → 삼각살.

소고기란 게 등심이나 안심 아니면 갈비 아닌가. 국거리나 장조림 용도의 양지·사태에 야들야들한 차돌박이 정도 추가하면 우리가 먹는 소고기의 부위는 대충 끝 아닌가 하는 내 생각은 그야말로 대충, 좁은 소견이었다.

축산 관련 책을 들추었다.

꾸리살은 모양이 둥글둥글 실꾸리 같다고 꾸리살이다. 사람으로 치면 앞다리 아니, 양팔과 가슴 사이 겨드랑이에 해당한다. 설깃살·보섭살·삼각살은 뒷다리 위쪽으로 붙은 부위다. 허벅지가 사태 부위인데, 설깃살·보섭살·삼각살은 그보다 좀 더 올라가야 한다. 우둔(牛臀)과는 다르지만, 넓게 보아 엉덩이 살이다. 양지는 소의 앞가슴 부위 정도. 그 오랜 세월 동안 '양지'라 쓰인 소고기 국거리를 먹었음에도 불구하고,

그게 소의 앞가슴 살인지는 처음 알았다. 갑자기 소들에게 미안한 마음이 들었다.

아, 그래서 요약하자면 나는 5일에 걸쳐, 앞가슴(양지)에서 시작해 겨드랑이(꾸리살)를 지난 뒤 엉덩이 부근(설깃살·보섭살·삼각살)까지 소의 몸뚱이 전체를 주욱 훑어간 것이다. 정확히 말하면, 소 몸통의 아래쪽에 위치한 고기들을 처음부터 끝까지 섭렵했다고나 할까. 주로 구워 먹는 데 쓰는 등심과 채끝과 안심은 몸통 위쪽의 살들인데, 인연이 아니었던 모양이지.

그런데 정작 중요한 건 이거다. 왜 전통의 양지·사태를 넘어 꾸리·설기·보섭·삼각이라는 생소한 부위가 국거리용으로 등장해야 했나? 그게 어느 부위가 됐든 잘 끓여 먹으면 그만일 수도 있지만, 그래도 그런 게 아니다. 그래서 날을 잡아 마트의 정육담당 아저씨를 붙잡고 물어봤다. 5일간의 놀라움에 대해 과장을 섞어 전하는 한편, '해명'을 요구했다.

"국거리 고기를 왜 그렇게 일관성 없이 내주신 거예요?"

"네? 아, 그건 '마리 발주' 때문에 그래요."

"마리 발주요?"

"소고기 부위가 39개로 나뉘는데, 특정 부위만 따로 주문하지 않아요. 한 마리 기준으로 통으로 주문하는 거지. 그런데 양지가 양이 얼마 안 되니까, 그거 다 나가면 다른 부위를 국거리로 소비하는 거죠. 다 팔려야 또 마리 발주 하니까."

"아, 39개, 마리 발주……."

"그래서 '둔갑'이나 '혼입'이 생겨요."

"둔갑? 혼입이오?"

마리 발주만 해도 어려워 죽겠는데, 둔갑은 뭐고, 혼입은 뭔가. 소고기의 세계는 참으로 오묘하고 광대무변하구나, 생각하면서 나는 정육코너 아저씨에게 추가 설명을 요청했다.

"양지가 아닌데 양지로 팔면 둔갑, 양지 조금에다가 다른 부위들을 섞으면 혼입!"

정육점 아저씨의 현란한 설명 앞에서 나는 갑자기 지식의 허기(虛氣) 같은 걸 느꼈다. 그건 동네 식당에서 '소 한 마리' 메뉴를 주문해 부위별로 육질·육향을 비교해 가며 천천히, 그리고 충분히 되새김질해야 풀릴, 강력한 허기였다.

# 고기덮밥의 유래가 석연찮다

무언가 애절한 기분에 젖어 있고 싶은데, 산통 깨지는 수가 있다. 추억의 음식을 앞에 두고 그 음식에 담긴 사랑과 희생에 대해 감사하며 감동하는 중인데 누군가 끼어드는 거다. 건조한 음성으로, 갑자기, 얼토당토않은 이야기로 아주 오랜만의 감상(感傷)을 깨뜨리는 그런 거.

와장창……, 접시 깨지는 소리 같은.

얼마 전 고기덮밥에 대해 아내와 얘기 나눌 때가 그랬다.

아내와 대화하기 전, 기분 좋은 일이 있었다. 주말이면 일찍 일어나 어머니를 뵈러 가는데, 2주 전 주말에는 어머니 집 거실에서 고기덮밥에 대한 얘기를 나누게 됐다. 이런저런 얘기를 나누다가, 문득 어린 시절 아침으로 자주 만들어 주시던 고기덮밥이 떠올랐다. 고기덮밥 한 그릇에 김치 조금이면 정말 든든한 아침이었다. 흰 쌀밥 위로 소고기와 몇 가지 야채가 적당히 익은 채 올라 있으니 영양으로도 만점이었다.

나도 아이들에게 가끔씩 해 줘야지……, 생각하면서 어머니에게 고기덮밥의 레시피를 물었다.

"간단하겠지? 레시피랄 게 있겠어? 그냥 고기 얇게 썰고 푹 끓여서 간장 넣고 계란 풀어 밥에 올리면 되는 거지, 뭐."

"그렇지. 간단하지. 그렇긴 한데 아침마다 국물을 낼 수는 없어서, 국물은 전날에 준비해 뒀어."

"다시마 국물 같은 거? 그것도 뭐, 간단하지."

"멸치랑 다시마로 낸 국물에 정종도 약간 넣고, 생강 넣어야 맛이 살고……."

"음……. 아주 간단하진 않네."

"아침에 국 데우는 동안, 소고기 꺼내 썰고, 표고버섯, 마늘, 대파도 썰고, 국 끓으면 계란 풀어서 줄알 치고."

"음, 뭐, 아주 간단하다고 보긴 좀 어렵겠네. 그런데 뭘 쳐?"

"응. 줄알 친다고, 그릇에 풀어 놓은 계란을 그냥 쏟지 않고 젓가락 위로 슬슬 붓는 거.”

레시피를 들을수록 복잡하고 난해했다. 내가 아침마다 김
치에 뚝딱, 무심하게 먹고 나왔던 고기덮밥을 위해 어머니는
전날, 혹은 전전날 정성 들여 국물을 우려 놓았고, 아침을
먹는 바로 그 날에도 수다한 정성을 쏟으셔야 했다. 줄알도
쳤다는 거 아닌가.

사정이 그러하다면 “그거 간단하지?” 촐랑대며 물어선 안
되는 거였다. 나는 고기덮밥을 10분 만에 먹고 “잘 먹었어
요!”란 말도 없이 냉큼 뛰쳐나갔지만, 어머니는 나의 10분을
위해 이틀, 사흘을 준비하셨던 거다.

그 지점에서 나는 심하게 애절해졌다. 티 내는 법 없으시
던 어머니의 정성 앞에서, 나의 오래전 무관심과 무지가 죄
송스러워졌던 거다. 참으로 철없는 아들이었다. 그 철없는
아들을 위해 어머니는 일주일에도 여러 번, 맛과 영양과 정
성 가득한 고기덮밥을 만들어 주셨다.

하루 이틀도 아니고, 고등학교 3년간, 대학교 4년간, 그리
고 결혼하기 전까지 또 몇 년간을 어머니는 나를 위해 국물
을 우리고, 소고기를 끓이고, 버섯을 썰고, 계란을 줄알 쳤
다. 어머니의 보살핌을 떠난 지 20여 년이 지났지만, 그 옛날

어머니의 정성을 생생하게 느낄 수 있었다.


집에 돌아와 아내에게 어머니의 고기덮밥 얘기를 들려주
었다. 아주 오랜 옛날, 지금의 나를 있게 해 준, 아주 오랜 동
안의 정성을, 그 절절한 사연을 아내와 함께 나누고 싶었다.

"나 어렸을 때 먹던 고기덮밥 레시피를 어머니에게 여쭤
봤는데, 생각보다 복잡하네. 참 자주 해 주셨는데⋯⋯. 보통
일이 아니었던 거 같아."

"어머니가 일본 음식 좋아하시나? 고기덮밥은 일본이 원
산지잖아. 아, 그런데 당신, 일본에서 왜 고기덮밥이 발달했
는지 알아?"

"모르겠는데."

"내가 생각해 봤는데, 그건 아마도 지진 때문일 거야."

"지진? 고기덮밥이?"

"일본은 지진 때문에 집을 높이 못 올리잖아. 그렇게 많은
사람들이 모여 사니까 집이 좁아지고, 부엌도 좁아지고, 식
탁도 좁아지는 거야. 반찬을 이것저것 늘어놓기 어려워지고,
그래서 밥 한 그릇 담아 놓고 거기에 고기도 올리고 야채도
올리고 그런 거지."

난데없는 고기덮밥의 지질학적 유래를 들으며 나는 "됐어,

그만 해!"라고 외치고 싶었지만, 아내를 보면서는 "정말 얘기
된다!"며 환하게 웃어 주었다.

# 어머니는
# 매일 아침 사과를 씻으셨다

아침에 시간이 넉넉하면 밥을 안치고, 나물 무치고, 야채 볶고, 가끔은 국까지 끓인다. 시간 없으면 간소화한다. 밥 안치고, 계란 프라이만 부친다.

매일은 아니지만, 시간이 허락하는 한 가족들 아침을 준비하려 노력한다. 가족들을 위해서이기도 하지만, 내 만족을 위해서 하는 일이기도 하다. 조용한 아침에 압력솥이 내는 툴툴~ 소리를 듣고 있으면 마음이 편해진다. 뚜껑을 열었을 때 얼굴을 감싸는 따스한 김, 김이 흩어지면서 모습을 드러내는 하얀 쌀밥을 보면서 나는 나만의 아침을 평화롭게 시작한다. 그렇게 차린 백반에 김치를 보태 후딱 챙겨 먹고 나가면, 그 다음은 아내가 챙긴다.

그런데 시간이 있든 없든 빼놓지 않는 '공정'이 하나 있다. 사과를 씻는 일이다.

특별한 일이 없는 한, 나는 아침마다 무슨 의식을 치르는 것처럼 사과 두 개를 꺼내 깨끗이 씻고 물에 담가 둔다. 진짜 그런지 모르겠지만, 그렇게 잠깐이라도 두면 농약 기운이 빠진다기에……. 중요한 건 농약이 아니고, 무슨 봉헌의 물품이라도 준비하듯 내가 그렇게 매일매일 사과를 씻는다는 것이다. 무슨 일이 있어도.

정말 무슨 일이 있어도 어머니는 아침마다 나와 형, 그리고 아버지에게 사과를 먹였다. 그건 그야말로 대단한 일이었다. 어머니는 성정상 무엇을 강하게 믿거나 하는 분이 아니다. 이런저런 세파에 시달리면서도, 예컨대 신(神)이라든가 점(占)이라든가 하는 데 관심을 가진 적은 한 번도 없다. 그저 자신을 믿고, 자신의 일을 오롯이 자신이 떠안으면서 살아오셨다.

그런데 사과와 관련해서라면, 아무래도 이해할 수 없는 부분이 있다. 어머니는 아마도 사과를 숭배한 것 같다. 언제부터인지 모르지만, 적어도 내가 어린 시절부터 어머니는 가족들에게 고집스럽게 사과를 먹이셨다.

　건강에 좋다는 몇 가지 정보를 접하며 시작했을 어머니의 사과 숭배는 다년간에 걸친 임상을 통해 확고해졌을 것이다. 어느 집이든 아침 식탁은 늘 임상의 자리이니까. 어머니만큼 가족들의 건강을 세심하게 관찰하는 사람은 없다. 어머니는 집요한 관찰 끝에, 매일매일 아침 가족들에게 사과를 먹이고야 말리라, 결심하셨을 게다.

　자신의 믿음이 아들과 며느리, 손자들에게까지 자연스럽게 전수된 마당이라 이제는 사과의 효능에 대해 따로 말할 필요성을 못 느끼고 계신 듯하다. 하지만 예전에 한두 번은 사과를 전도하셨던 기억이 지금도 생생하다. 성직자들이 몽매한 대중들에게 자신이 믿는 종교의 중요성을 역설하듯 어머니는 말씀하셨다.

　"사과만큼 혈관을 깨끗하게 해 주는 게 없대. 유해산소를 없애서 노화도 막아 주고, 케세틴이란 게 있어서 폐도 건강하게 해 준다더라. 비타민 C는 당연히 많고…… 하루에 하나씩 먹으면 감기도 안 걸리고 의사가 필요 없다잖아."

　뭐, TV나 신문에서 주워들으신 걸 그냥 전하신 정도이겠지만, 그 어조에는 정보의 습득 과정과 질(質)을 훌쩍 뛰어넘는

확신 같은 게 서려 있었다. 그리고 그리 하실 만했다고 나는 지금도 생각하고 있다. 가족들의 주치의로서 수십 년간, 누구보다도 세밀하게 사과의 실제 효능을 관찰하신 분 아닌가.

사과에는 참 여러 종류가 있다. 새콤달콤 빠알간 홍옥도 있고, 튀지 않는 맛이 오랜 친구 같은 부사도 있다. 약간은 텁텁한 듯 은근한 단맛이 매력인 녹색의 아오리도 여름이면 꼭 찾게 된다. 어디 그 뿐이랴. 만유인력을 발견하게 해 준 뉴턴의 사과가 있고, 극악한 상황 속에서도 아름다운 신뢰가 존재할 수 있음을 보여 준 윌리엄 텔의 사과가 있다. 치명적인 유혹을 상징하는 이브의 사과도 있다.

그리고 나에게는 '어머니의 사과'가 있다. 그 모든 종류의 사과를 넘어서는 곳에서, 변치 않는 사랑과 보살핌과 치유의 힘으로 오랫동안 빛을 내는…….

# 새콤한 물회 앞에서 울었다

처량하게 걸었다. 유난히 환한 여름이었다. 삼척에서 동해까지 10㎞ 길을 쉬지 않고 걸었다. 바다를 옆에 두고, 파도만큼 부지런했다. 옛날에 묵호라 불리던 동해로 향하는 세 시간 길은 막막하기만 했다. 하늘과 바다 모두 파랬다. 중간중간 낮게 솟아오른 기암과 괴석만이, 축 가라앉아 서먹한 오전의 해안 트래킹에 활기를 주곤 했다.

그러나, 나는 울먹했다.

폐허의 거리가 가세했다. 묵호 바닷가에 거의 다다를 무렵이었다. 거대한 흉가 같은 화력발전소. 식물은 말라 죽어 갔고, 아스팔트 위론 시커먼 먼지들이 어두웠다. 이 악물고, 눈 질끈 감은 채 지옥 같은 곳을 헤쳐 나갔다.

물회 한 그릇 먹으러 가는 길이었다.

눈물이 났다.


새콤하고 달콤하고 매콤하게 빨간 국물. 그 안에 광어와 오징어와 전복 등 쫄깃한 횟감. 저미듯 얇게 썬 야채들. 시원한 물회 한 그릇 먹고 나면 더위도, 걱정도 싹 사라진다. 삼척~동해 구간 해안을 처량하게 걷기 딱 1년 전에, 그런 물회를 먹었다. 가족들과 함께 묵호 바닷가로 놀러 갔다가 우연히 찾아낸 조그만 물회 식당이었다. 물회는 쫀득쫀득 맛났고, 주인 부부는 친절했다. 직전, 묵호항 부근의 파도에 넋 잃었던 나와 아내, 두 아이는 빨간 물회를 먹으며 정신 차렸다. 꿈에서 서서히 깨어날 때처럼 아늑하고 행복했다.

그러나 물회를 찾아가는 혼자만의 트래킹은 아늑하지도 행복하지도 않았다. 1~2주 전 면접을 봤던 기업의 인사 담당자는 바로 전날 전화를 걸어와 "애석하지만……"이란 말로 시작하는 짧은 메시지를 전했다. 돈 많이 필요한 중년에 찾아온 실직 때문이었을까. 목 쪽 상태가 안 좋아 편도 등을 제거하는 수술까지 받아야 했다. 구직 실패를 알리는 전화, 태어나 처음 해 보는 전신마취 수술에 대한 두려움 속에 찾아나선 바닷가의 물회였다.

화력발전소의 폐허를 헤치고 나와 묵호항에 들어선 뒤, 망연히 파도를 쳐다봤다. 1년 전 가족들과 하루를 묵으며 반했던 파도. 포말(泡沫)이라 하던가. 끊임없이 부서지는 하얀 거품들이 환상적이라 생각했는데, 이제는 신기루만 같았다. 그렇게 부질없이 바다를 쳐다보다가 가족들과 갔던 물회 식당에 도착했다. 오전에 삼척을 출발한 지 세 시간 반 만이었다.

이제 시무룩한 사내 하나가 바닷가의 조그만 식당에 앉아 물회 한 그릇을 주문하고 고개를 숙인 채 말없이 먹는 모습만 상상하면 된다. 빨간 국물과 하얀 회를 뜨는 그의 손은 느릿하고, 사람들의 시선을 피하듯 돌아앉은 그의 등은 쓸쓸하다.

그날 내가 꼭 그랬다.

많은 걸 잃은 중년의 가장. 가족들에게 해 주어야 할 게 아직 많지만 그게 가능할지 막막하기만 해 두려운 그런 사내였다. 가족들과 함께 먹었던 물회 한 그릇을 먹기 위해 삼척에서 동해까지 먼 길을 하염없이 걸었던 건 그런 두려움을 잠시라도 잊고 싶어서였다. 아니, 그 두려움을 영원히 잊고 다시 일어서고 싶어서였다.

그러나 어디 마음이 의지만을 따라가는가.

물회 한 수저에 쏟아진 건, 왈칵 한 움큼의 눈물이었다.

이 세상에서 가장 슬픈 물회―.

그날의 물회를 5년은 족히 지난 지금도 나는 잊지 못한다. 그날의 물회는 그냥 음식이 아니라, 눈물이었고, 슬픔이었고, 비애였다. 가족들에 대한 미안함이었고, 나에 대한 질타였고, 세상에 대한 회한이었다.

물회 이후 모든 음식은 나에게 음식 이상이다. 식탁 앞에서 나는 말 잃는 경우가 많고, 말 잃은 그동안 내 앞, 음식의 맛과 향은 다른 감정으로 전이돼 나를 현혹하고 마취한다. 물회 앞에서 그랬던 것처럼 나는, 때론 울고 때론 웃는다.

아팠다가, 기뻤다가, 분노했다가, 흥분했다가, 가라앉았다가 한다.

# 팥죽을 데우다 버럭 했다

몇 년 전 어린 둘째 아이에게 팥죽 먹이던 생각을 하면, 나는 참 나쁘다. 다른 음식도 아닌 팥죽을 앞에 두고 그런 일을 저질렀다니.

이건 정말 마음 아픈 사연이다.

수더분하게 검붉은 팥죽—.

팥죽에 대해 내가 가지고 있는 감정은 예사롭지 않다.

어머니는 12월 하순의 동지(冬至)만 되면 팥죽을 써 주신다. 내가 철들고 한 해도 거르지 않았으니 30년에 가깝다. 매년 팥죽 쑤시는 것도, 매일 사과 씻으시는 것만큼이나 어떤 의식(儀式)으로 보는 게 맞을 거 같다.

고마워요, 어머니.

동지 팥죽의 유래는 잘 알려져 있다. 서양식으론 크리스마스 즈음에 해당하는 이 동지라는 시기는 아주 미묘하고 연약해 조심히 다루어야 한다. 밤의 길이가 가장 길었다가 반전을 시작하는 때다. 동양적 사유를 조금 더 깊이 파고들어보면 심오한 뜻이 드러나기도 한다.

극성했던 음의 기운 속에 잠복했던 양의 기운이 막 움트기 시작하는 시기이기 때문이다. 음에서 양으로 가는 거대 변환이 시작되는 이 신성한 시기에 사람들은 온갖 사기(邪氣)와 잡귀(雜鬼)를 물리기 위해 팥죽을 쒔다.

그런데 왜 팥죽일까?

먼저, 짙은 색깔로, 한눈에도 평범하겐 보이지 않는 붉은빛이 상서로운 기운을 지녔다고 생각했다. 핏빛은 신성한 생명의 색이다. 그리고 이건 옛날 사람들도 모르고, 우리 어머니 역시 전혀 몰랐으리라 짐작하지만, 다른 비밀이 있다.

그건 팥에 풍부한 비타민 B1이다. 비타민 B1은 신경 계통에 특효다. 비타민 B1의 결여는 이유 없는 피로, 불면, 기억력 감퇴, 신경 쇠약을 부른다. 뭉뚱그려 혼미(昏迷)의 상태라

할 만한데, 팥과 팥죽은 인간 세계의 그런 미혹함을 막아 준다. 미혹하고 혼미한 상황을 파고드는 게 귀신이다.

아, 그러고 보니, 어머니는 동지가 아니어도 가끔 팥죽을 써 주시는데, 그 역시 비타민 B1 때문이겠다. 신경 계통과의 연관으로 비타민 B1은 이른바 '정신노동' 종사자들에게 좋은 것으로 돼 있다. 우리 어머니는 여기저기에 잡문을 쓰는 나의 일상을 '정신노동'으로 규정한다. 나를 볼 때마다 "쉬엄쉬엄 써라!" 하신다. 그러면서 팥죽을 내주시는 것이다.

처서(處暑) 부근이었던 8월 하순의 어느 날도 그랬다. 이른 아침 어머니 댁에 들렀더니, 팥죽 쒀 놓으셨다며 가져가라 하신다. 스테인리스 스틸 용기에 넣어 보자기로 곱게 싸 주셨다.

집에 돌아와 보니 찹쌀 새알이 예쁘게 들어간 팥죽은 그냥 먹기엔 찬 편이었다. 주방으로 들어가 인덕션에 데우기 시작했다. 나는 프라이팬에 썰어 놓은 야채를 볶아야 했기 때문에, 당시 초등학교 6학년이던 둘째를 불렀다. 아침부터 TV 앞에서 일본 애니메이션을 보고 있어 못마땅하기도 했다.

"아빠 옆에서 팥죽 좀 저어라. 제대로 해. 잘못하면 바닥에 다 눌어붙는다."

나는 나무 주걱을 건넸고, 갑자기 부엌으로 끌려온 둘째는 심드렁한 표정으로 팥죽을 휘젓기 시작했다. 나는 표정과 느릿한 동작에 화가 났다. 저런 식이라면 어머니가 주신 팥죽이 다 눌어붙고 말 거야. 그런데 주걱을 쥔 손이……

"야, 너 정말 왼손으로 그렇게 대강대강 저을래?"

그러나 버럭 소리를 지른 바로 그 순간, 나는 깊은 후회에 빠졌다. 아내와 대학생 큰아이가 여태 자고 있는 아침에 큰소리를 낸 것도 문제였지만, 근본적인 이유가 있었다. 둘째 아이는 왼손잡이다. 흥분 때문에 순간적으로 깜빡한 거다. 나는 아이에게 사과했다. 아이는 여전히 심드렁한 표정으로 나무 주걱을 오른손으로 옮겨 잡았다. 그리고 속삭이듯 말했다.

"어, 미안해, 아빠. 오른손으로 제대로 할게."

나는 당혹감으로 심하게 혼미해졌고, 어서 빨리 팥죽에 든 비타민 B1 성분으로 신경을 안정시키지 않으면 안 되겠다고 생각했다.

# 사우나에선 계란을 먹는다

토요일 새벽에 잠 깨 고민했다. 산에 갈까, 부모님 댁에 들를까.

그런데 몸이 너무 찌뿌듯하다. 월~금요일 주 5일의 근무일 동안 사흘을 술 마신 탓이다. 산을 올라야겠다고 생각했다. 힘들어도 산의 맑고 강한 지기(地氣)를 받고 오면 몸의 언짢은 기운이 죄다 날아가고, 몸이 가뿐해지는 걸 많이 경험했다. 그런데 창밖을 보니 비가 내린다.

장마였구나.

고민 같은 것 할 필요가 없었다. 산도 버리고, 부모님 댁도 물리고 나는 우산 하나 펼치고는 동네 대중목욕탕으로 향했다. 늘 그런 식이다. 계획 같은 것 없이 내키는 대로 향하는……. 가끔씩은 빼곡하게 삶의 스케줄을 짜고, 거기에 맞춰 강박적으로 살기도 해야 하지만 그건 그야말로 '가끔씩' 해야 할 일이다. 한가한 삶, 심리적으로나마 넉넉한 삶이 나의 지향이다.

아, 목욕탕 얘기 하려던 참이었다.

대중목욕탕이 가끔씩 선계(仙界) 비슷하게 느껴질 때가 있다. 무협지 같은 데 나오는 그런 곳 말하는 거다. 신선 또는 선녀들이 축지법을 쓰고, 때론 공중을 사뿐히 날아다니기도 하며 노니는 곳 말이다. 신선과 선녀들은 이 번잡한 세상을 초탈하고 동시에 초능력까지 갖게 된 사람들이다. 아니, 사람 비슷한 존재들이다. 나도 신선이나 선녀가 된 느낌을 받을 때가 있는데, 그게 목욕탕에 갔을 때다. 목욕탕에만 가면 나는 선계의 그들처럼 몸이 가벼워진다는 느낌이 든다.

목욕탕에서 나의 행동방식은 비교적 일관적이다. 일단 간단한 샤워 후에 건식 사우나로 들어간다. 황토와 맥반석과 나무 향 가득한, 섭씨 90도 안팎의 고온 사우나에 들어가 있으면 속세의 스트레스가 증발한다. 다시 가벼운 샤워로 땀을 씻겨 내고, 이번엔 광활한 냉탕으로 들어간다. 수영장이 따로 없다. 나는 그곳에서 남들 눈에 띄지 않도록 최대한 은밀하게 그러니까 엉거주춤한 자세로 잠수와 평영을 시도한다. 몸을 급속 냉장시키는 것이다. 그러곤 다시 섭씨 38도 안팎의 온탕으로.

그렇게 냉·온을 오가는 사이, 몸속의 피는 빠르게 돌기 시작하고, 내 몸은 신선처럼, 선녀처럼 홀가분해진다. 선계를 노닌다.

거기에 우리 동네 기준으로 1만 4000원인 세신(때밀이) 서비스까지 받고 나면 축지와 공중부양도 가능하겠지만, 그건 웬만해선 하지 않는다. 누군지도 잘 모르는 아저씨에게 내 몸 구석구석을 맡기는 건 늘 꺼림칙한 일이니까. 1만 4000원에 6000원을 보태 각질 제거와 목 마사지, 머리 샴푸까지 받고 개운해하는 중년들을 본 적이 있고, 타인에게 자신의 몸을 위탁하는 그들의 담대함이 부럽기도 하지만 그래도 나는 하지 않는다.

그날도 그랬다. 사우나와 냉탕, 온탕을 오가며 선계에 여러 번 들락날락했다. 그런데 그날은, 그렇게 선계에서 노닐면서도 배가 무지 고팠다. 신선들은 원래 솔잎을 갈아 낸 초록빛의 가루와 맑고 투명한 이슬로 끼니를 때우는 건데, 나는 그들 수준에 한참을 못 미쳤다. 심한 허기를 느꼈다.

그건 아마도 지난 며칠간의 음주로 몸이 축났기 때문일 거라고, 나는 차가운 냉탕의 물에 머리를 처박은 채로 생각했다. 술자리에서 나는 안주에 큰 관심을 기울이지 않는 편인데, 그러다 보니 술 마신 다음의 허기가 이만저만이 아니다.

세속에서의 습관은 선계에서도 영향을 끼치는구나.

선계고 뭐고 배가 고파 안 되겠네.

그런 생각들을 하며 나는 갑자기 고개를 쳐들고 냉탕을 뛰쳐나갔다. 마무리 샤워를 하고 머리를 말린 뒤, 몸의 물기를 대강 닦아 내고는 급히 옷을 챙겨 입었다. 지갑을 꺼내 들고, 휴게 공간 복판의 평상을 흘깃 쳐다본 뒤 카운터로 갔다.

"아저씨, 계란이 왜 두 종류예요?"

"하나는 구운 계란, 하나는 훈제란. 진한 게 훈제란이오. 500원 더 비싸요."

나는 1500원을 내고 평상으로 가 구운 계란보다 500원 비싼 훈제란 2개를 집었다. 그리고 우적우적 계란 2개를 순식간에 해치웠다. 이제 계란 흰자의 단백질, 탄수화물과 노른자의 지방, 비타민, 레시틴, 인, 칼슘, 철분이 나의 허기를 채워 줄 것이었다. 지난 며칠의 음주가 축낸 내 체력을 단번에 보충해 줄 것이었다.

나는 오랜만에 심신 양쪽의 포만감을 만끽하며 보무도 당당하게 동네 목욕탕을 나섰다. 그새 비가 그쳐 선계만큼이나 인간계도 깔끔해져 있었다. 그 거리를 나는 아주 활기차게 걸었다. 5분 전에 먹은 계란 2개가 새삼 고마웠다. 몸과 마음의 허기가 동시에 가셨다.

육체의 포만과 정신의 충만은 늘, 갑작스럽게, 아주 사소한 일에서 시작되고 완성된다.

다음번엔 훈제란 말고 그냥 구운 계란을 먹어 봐야겠다고, 비 그쳐 티 없이 상쾌한 거리를 걸으며 생각했다.

# 그날도 우설을 먹었다

꼭 뵈어야지, 마음으로만 벼르던 선배 한 분을 얼마 전에 뵈었다. 젊어서부터 문학평론을 했고, 프랑스에서 공부했고, 그림을 좋아하고, 북한산 트래킹을 즐기는 선배다. 삶과 세상에 대한 소신, 그 뚜렷한 입장 속에서도 가끔씩, 그리고 여지없이 드러내는 천진(天眞)이 부러웠다. 강유(剛柔)의 조화랄까.

서울 평창동 대로변에 있는 이식당(李食堂)이란 곳에서 보자 하셨다. 먼저 도착해 젊은 사장에게 희한한 이름의 연유부터 물었다. 아내가 써 주었다는 식당 이름의 캘리그라피가 독특했다.

"제 성이 이(李)이기도 하고, 그냥 '이 식당(this kitchen)'이란 의미도 있습니다."

일본의 어느 한식당에서 직원으로 일한 경험이 있고, 그래서 한우를 재료로 삼은 한식 베이스에 일본 스타일을 가미해 요리한다는 사장의 설명을 듣고 있는데 선배가 나타났다. 나이 들 만큼 들어 생전 처음 만난 선후배는 만남만큼 낯선 일식 스타일의 한우 요리를 먹기 시작했다. 와인 한 병을 사이에 두고 우리는, 겉만 살짝 익힌 한우 타다키와 채 썬 파를 수북하게 올린 육전을 차례로 먹었다. 문학으로부터 등산에 이르는 아주 다양한 이야기들을 찬찬히 소화했다. 두 번째 한우 접시가 비어 갈 무렵 선배가 사장에게 물었다.

"우리 다음엔 뭘로 할까요?"

"음, 우설 맛보시겠어요?"

잠시 후 우설(牛舌), 그러니까 소의 혀를 손질해 구운 요리가 나왔다. 나는 잠깐 움찔했다. 소 한 마리를 잡으면 나오는 혀의 분량이 1㎏ 남짓이라 한다. 사람들은 서리 내린 듯한 모습의 껍질을 벗겨 내고 얇게 썰어 주로 수육으로 우설을 먹는다. 살코기나 내장과는 다른 질감, 입에 넣고 씹으면 툭 끊기는 느낌…….

그런 식감은 낯설 수밖에 없지만, 내가 움찔했던 건 그 때문이 아니었다.

20여 년 전 연애 시절의 어느 날, 나는 장인, 아니 정확히는 예비 장인을 처음 뵈었는데, 그 장소가 서울 종로의 한 설렁탕집이었다. 장인은 처음 보는 예비 사위에게 소주와 수육을 푸짐하게 시켜 주셨고, 술과 고기 모두를 남김없이 먹어치우는 나를 보시며 수육 한 접시를 추가하셨다. 두 번째 수육을 입에 넣고 우물우물 씹는데 먼저 것과 육질이 많이 달랐다.

"아버님, 이게 무슨 고기예요?"

"어, 그거 소 혓바닥이야, 혓바닥."

소의 혀라니……. 원숭이 골이나, 곰발바닥을 입에 집어넣은 느낌이었고, 그래서 뱉고도 싶었지만 예비 장인 앞의 사위 후보가 그런 행동을 절대로 못한다는 것을 대부분 아실 것이다. 그날 나는 소주를 급하게 들이키는 방법으로 당혹을 이겨 냈지만, 이후로는 물론 우설을 먹거나 하지 않았다. 그러다 20년 만에, 이번엔 수육 아닌 구이로 우설을 만나게 된 것이다.

많은 세월이 지났고, 이제는 예고 없이 소의 혀가 구워져 나와도 당황하지 않을 만큼 둔감한 중년이 됐다. 나는 우설

구이를 맛나게 먹었고, 선배와 즐거운 정담도 계속 이어 나 갔지만 잠깐씩 딴생각이 드는 건 어쩔 수 없었다.

20년 전의 우설과 종로 설렁탕집이 자꾸 생각났기 때문이 다. 언제나 천진한 웃음을 보여 주시던, 그야말로 강함과 부 드러움을 동시에 지니셨던, 못 먹는 우설을 호기로운 듯 먹어 대던 사위의 허세를 지긋이 쳐다봐 주시던, 그러나 지금은 돌 아가시고 없는 장인이 아주 여러 번 생각났기 때문이다.

# 2부

## 달콤한 게 필요했다

# 그에겐 달콤한 게 필요했다

 논산 육군 훈련소에 입소했던 큰아이가 5일 만에 돌아왔다. 월요일에 들어갔는데 토요일에 휴가를 받았다. 전날, 할아버지가 돌아가셨다. 이쁨을 많이 받았던 아이다. 집안의 첫 손주였고, 크는 동안 할머니의 보살핌도 많았다. 할아버지와 손주 사이이 격의 없는 웃음, 대화는 집안을 온통 아름답게 하곤 했다. 그 아이가 짧은 머리로 2박 3일간, 떠나간 할아버지 옆을 눈물과 침묵으로 지켰다. 영정 사진은 장례식을 치루는 내내 아이의 품에 안겨 있었다. 아이가 감싸 안은 나무 액자 속에서 아버지는 웃고 있었다. 아마도 손주의 따뜻한 품을 느꼈을 것이다.

짧은 휴가를 마치고, 그는 훈련소로 복귀했다. 서울역을 향하기 전, 할머니와 나와 아내와 함께 점심을 했다. 계급장도 없는 군복, 가라앉은 표정, 조용한 걸음걸이. 며칠을 속으로, 밖으로 울었던 아이는, 훌쩍 성장한 것처럼 보였다. 바로 다음 날부터 그는 신병들의 고된 훈련 대열에 합류해야 한다. 화생방, 사격, 각개전투⋯⋯, 먼지 속에서 체력을 고갈시켜야 한다. 여러 가지로 허전할 아이가 짠했다.

서울역으로 가는 지하철을 태워 보내기 위해 4호선 쌍문역에서 헤어지려 할 때, 아이는 멈칫했다. 길 건너를 쳐다본다.

"나, 잠깐 어디 좀 들를래."

아이는 천천히 횡단보도를 건넜다. 할머니와 나를 뒤로 하고, 아이는 길가의 도넛 집으로 들어갔다. 초콜릿이 발라진, 커다랗고 동그란 도넛 하나, 그리고 탁구공만 한 방울 도넛 다섯 개. 아이는 가벼운 걸음으로 도넛 매장을 돌며 그렇게 색색의 도넛을 쟁반에 담았다. 주머니에서 주섬주섬 지갑을 꺼내는 아이를, 어머니가 제지했다.

"할머니가 사 줄게."

아이는 떠났다. 5주 동안 그는 대한민국 육군 이병으로 훈련을 받아야 한다. 매일 새벽에 일어나 흙먼지를 뒤집어쓰고, 때론 훈련이 고되 서글픈 표정을 지을 것이다. 나는 어렵게 웃음을 지어 내며 아이를 보냈다. 안아 주었고, "사랑한다"는 말도 했다. 그도 희미하게 웃었다. 어머니는 웃지 못했다.

나중에 들으니, 아이는 서울역에서 페트병에 든 녹차를 하나 사 들고 훈련소로 가는 열차를 탔다고 한다. 쌉싸름한 녹차에 달콤한 도넛을 먹으며 며칠간의 슬픔을 달랬다고 했다. 순간순간 할아버지를 생각했다고 했다.

# 실존주의보다 향신료다

아주 오랫동안 간장, 된장, 소금이면 충분했다. 이런저런 향신료에 애정을 가져 본 적이 없다. 향신료 때문에 바닷길이 열리고, 그로 인해 세계사가 바뀌었다는 얘기를 이해할 수가 없었다. 향신료 따위가 중요한가? 없으면 없는 대로, 재료의 맛과 질감 자체를 즐기면서 먹고사는 거지. 뭐, 그런 생각.

사골 국물에 가끔씩 후추를 치긴 했다. 아, 산초도 있다. 추어탕 먹으러 가면, 잘게 해체되고도 비릿한 미꾸라지의 냄새를 잡기 위해 다진 청양고추에 산초 가루를 넣기도 했으니까.

그러고 보니 아, 산초…… . 나의 첫 향신료 경험이랄까. 어느 가을, 어머니와 동네 뒷산을 산책하는데, 어머니가 키 높이도 안 되는 작은 나무 앞에 멈춰 섰다. 조그맣고, 잘 익어 초록인 열매들이 수두룩하게 달렸다.

"이리 와 봐. 저거 따 가자."

"뭘 따?"

어머니 옆에서 나는 엉거주춤, 어머니를 좇아 조그만 열매들을, 여린 가지째로 뜯어냈다. 따면서 물었다. 이게 먹는 거야⋯⋯? 그래, 먹는 거란다. 바로 산초. 추어탕의 잡내를 잡기 위해 넣은, 그 짙은 회색의 가루가 저 열매를 갈아서 만든 거구나. 집에 가서 저 열매를 믹서로 갈아 내면 산초 가루가 되나?

어머니의 레시피는 달랐다. 집에 돌아온 뒤, 어머니는 산초 열매들을 깨끗이 씻어서는, 유리병에 담고, 거기에 간장을 부었다.

"며칠 있다가 볶아 먹으면 돼."

"볶아 먹어?"

"응. 산초는 아주 까맣게 익은 거는 기름을 짜거나 가루를 내서 음식에 사용하고, 파랗게 잘 익은 산초는 간장에 담가 오래 두고 씻어서 볶아 먹으면 오도독 맛있어."

여러 날 지나 토요일에 어머니네 들렀다. 밥을 내주시는데,

이게 과연 반찬인지 싶은 볶음요리가 식탁에 올라 있다. 며칠 전 뒷산에서 땄던 산초 열매였다. 어떤 맛일까?

밥 한술을 뜨고는, 생애 첫, 산초 열매 볶음을 맛봤다.

기막혔다.

톡 터지는 듯한 식감 뒤로, 오묘한 향이 혀를 적셨다. 어머니 말대로, 오도독~ 했다. 추어탕에 쳐서 먹던 가루와는 상대할 수 없는 풍성하고 싱싱한 맛. 입안이 환해진다.

그날, 나는 향신료와 사랑에 빠졌다. 그리고 향신료에 대한 역사의 이야기들이 남다르게 다가왔다. 향신료를 찾아 수백 킬로미터를 항해하고, 그 항해의 부산물로 새로운 바닷길이 열리고, 세계사까지 바뀌었던 정황을 조금은 이해할 것 같았다. 이슬람이 중동을 석권하면서 인도와 동남아시아로부터 들어오던 향신료 루트가 끊겼을 때 안절부절못하던 유럽인들이 떠올랐고, 희소해진 향신료를 사 들고는 큰돈을 벌 생각으로 항해를 마무리하던 선원과 상인들의 들뜬 얼굴도 머릿속에 그려졌다. 후추, 계피, 정향, 육두구, 오레가노, 바질……. 그러고 보니, 쌀국수에 넣어 먹는 고수도 유럽을 열광시킨 향신료일까?

그런데 중년 이후 벼락처럼 찾아든 나의 향신료 사랑은, 산초와의 우연한 조우에 전적으로 의존하는 걸까? 예상치 못한 어머니의 산초 볶음 레시피의 감동 때문일까? 촉발의 역할은 분명 했을 것이다. 하지만, 산초가 그렇게 향신료 사랑을 부추기게 한, 시절의 정서 같은 게 있지 않았을까, 조심스레 생각해 본다.

20~30대를 거치며 젊음의 열정을 소진하고 나면, 삶은 힘을 잃고 시들해진다. 그 무미한 삶을 타개할 무언가가 나에게 필요했던 건 아닐까. 사람과 세월에 치여 빛을 잃은 흑백의 일상을 톡~, 하고 건드려 줄 무언가가 절실했던 건 아닐까. 백화점 지하 식품 매장에 도열한 갖가지 향신료 앞에서 배시시, 어린아이 같은 웃음을 흘리면서 나는 오늘도 생각한다.

삶이 단조롭게 느껴질 땐, 그 옛날 먼 바다를 건너 유럽으로 향하던 향신료 선박을 떠올려 보라고. 일상이 부조리하다고 생각될 땐, 실존의 철학 같은 데 빠지지 말고 대신, 눈을 반쯤 감은 채 향신료의 그 오묘한 향과 맛에 빠지라고.

그럼, 삶이 황홀해질 거야.

잠시라도.

# '사시스세소'는 과학이다

내 일본어 수준은 십 년째 제자리다. 한글로 치면 ㄱ, ㄴ, ㄷ, ㄹ, ㅁ…… 에 해당하는 오십음도를 붙잡고 히라가나와 가타가나를 외웠다가 잊고, 또 잊었다가는 외는 수준이다. 그래도 아이우에오, 카키쿠케코, 사시스세소(さしすせそ)…… 로 시작하는 오십음도를 무슨 주문처럼 읊고 있으면 맘이 편해지기도 한다. 이상한 습관인진 나도 안다.

그런데 일본어를 뜨문뜨문 소리 내, 간신히 읽을 정도의 실력을 가진 것만도 아주 다행이라는 생각을 얼마 전에 했다.

이십대 초반에 일본으로 건너가 이십 년 가까이 도쿄에서 산 이종사촌 여동생이 집에 놀러 왔다. 같이 점심을 하던 중에 그가 물었다.

"오빠, 이모한테 들으니까 요리 좀 한다며?"

"응, 그냥 뭐 밥 하고, 국 끓이고, 나물 무치고 기본적인 것들이지."

"기본이 중요하지. 근데 오빠, 소금이나 간장이나 그런 양념들 치는 순서는 아나?"

"순서? 그냥 집히는 대로 넣으면 되지, 순서까지…… 모르겠는데."

"오빠는 기본이 안 됐네. 근데 혹시 일본어 할 줄 알아?"

여기서 잠깐 멈칫했다. 요즘도 여전히 히라카나·가타가나 중 몇 개는 헷갈려 하는 실력으로 일본어를 할 줄 안다고 얘기해도 될까. 앞에 있는 사촌 동생은 네이티브 수준인데.

"그냥 조금. 스코시(すこし)……."

"오, 좀 할 줄 아네. 그럼 됐어. 사시스세소? 그것도 알지?"

내 수준을 어찌 그리 잘도 아는지. 그래 내가 딱 사시스세소…… 까지 아는 수준이란다. 이제 맘대로 얘기하렴. 긴장확 풀리네.

동생의 설명은 간략하고 명쾌했다.

'사시스세소'는 일본 요리의 기본이다. 왜? 일본 요리의 기본적인 양념은 한국과 다를 게 없다. 사토(さとう, 설탕), 시오(しお, 소금), 스(す, 식초), 쇼유(しょうゆ, 간장), 미소(みそ, 된장) 그렇게 다섯이다. 이제 다섯 가지 양념의 앞 글자('미소'의 경우엔 뒷 글자)들을 따로 떼어 보면 바로 '사시스세소'가 된다. 어? '사시스쇼소'인데?

간장을 뜻하는 쇼유는 한때 세우유(せうゆ)라 소리 내기도 했다고 동생이 설명해 줬다. 찜찜했으나, 동생을 믿기로 했다. 오랜만에 한국에 들어와 그런 걸로 거짓말 할 것도 아니고.

재밌고, 뭐랄까, 보람 같은 것도 조금 느껴졌다.

일본어 공부하길 잘했네.


그런데 그게 끝이 아니었다. 동생의 설명을 듣고 보니 '사시스세소'는 요리의 기본을 넘어 요리의 과학이었다.

"오빠, 내가 아까 양념 순서 물어봤지? 만약 설탕과 소금을 함께 넣는다 쳐. 어떤 거부터 넣을래?"

"소금."

"왜?"

"그냥, 소금부터 넣어야 할 거 같아. 단맛은 나중에 내야 하는 거 아닌가 싶어서."

"틀렸고, '사시스세소'가 양념 넣는 순서야."

"그래? 그럼 설탕부터? 소금, 식초는 그 다음이란 말?"

잠자코 동생의 설명을 들었다.

'사시스세소'는 정말 과학이었다. 소금(시오)은 설탕(사토)에 비해 입자가 작다. 입자가 작으면 음식 사이사이를 잘 뚫고 들어간다. 흡수가 잘 되는 거다. 흡수가 잘 되는 소금부터 넣어 버리면, 입자가 큰 설탕은 비집고 들어갈 자리를 잃는다. 단맛을 제대로 낼 수 없다. 그러니까 설탕을 먼저 넣어, 설탕 입자가 음식에 흡수될 시간을 줘야 한다.

식초는 중간쯤에 넣는다. 너무 빨리 넣으면 증발해 버리니까.

그럼 간장(쇼유 또는 세유)과 된장(미소)은 왜 나중에 넣을까?

콩으로 만든 간장과 된장은 단백질 함량이 높다. 단백질은 아미노산으로 이뤄져 있다. 간장·된장을 너무 빨리 넣고 오래 가열하면, 아미노산이 견뎌 내질 못한다.

나는 잠시 숙연했다. '사시스세소'도 모르면서, 그간 요리를 한다고, 음식에 관한 글을 쓴다고 깝죽댔다. 사촌 여동생과 만난 그날, 나는 오랫동안 제자리를 맴도는 내 일본어 실력과 크게 나아질 기미를 보이지 않는 내 요리 실력을 동시에 한탄했다. 그러나 그 저열한 실력이나마 다행 아닐까, 란 생각도 했다. 일본어를 조금이라도 알고, 요리 세계의 맛이라도 봤으니 그나마 '사시스세소'의 과학을 무리 없이 이해했던 것 아닐까?

그건 아닐지 모르지만, '사시스세소'만은 정말 과학이라고, 나는 다시 한번 생각했다.

동생아, 고맙다.

오빠가 언제 맛난 생선 요리 한번 해 줄게.

사시스세소 순서로 양념해서.

# 그건 라면이 아니었다

먹고 싶지만 자제해야 하는 음식들이 있다. 떡국도 그런 음식 중 하나다. 꼭 떡국 아니더라도, 밥, 국수 같은 탄수화물 요리를 워낙 좋아하다 보니, 살도 찌고 혈당도 높아진다. 젊을 땐 "상관없다"고 우기면서 마구 먹었다. 하지만 세월에 장사 없다. 몸에 이상이 생기기 시작했다. 아내도 자주 핀잔을 준다. 아내의 말을 듣는 게 맞다.

그러나, 그럼에도 불구하고 금기의 음식들이 심히 당길 때는 있기 마련이다. 그럴 때 조용히 어머니 집으로 향한다. 집에서 못 먹는 메뉴를 슬쩍 귀띔하고, 부탁드리면 대개는 해주신다. 말리고 싶지만, 자주 부탁하는 것도 아니고, 또 먹고 싶은 건 먹어야 하니까 한번은 봐 줄게……. 그런 눈빛을 보내시면서.

뭐, 대개 그런 분위기에서 어머니는 늘 내 부탁을 들어주
신다. "먹을래?" 정도의 짧은 제지 발언뿐, 열이면 아홉, 져
주신다. 그런데 그날 아침, 내 요청엔 정말 고민을 하시는 듯
했다. 이른 아침부터 술 안 깬 얼굴로 찾아가선, "빨리 라면
한 그릇 끓여 줘!" 말씀드린 날이었다.

"아침부터 라면이 뭐가 좋아. 속도 안 좋아 보이는데."

"괜찮아. 끓여 줘."

어머니는 대답을 안 하셨다. 그건 아니라는 듯 버티셨다.

나도 버텼다.

"빨리, 끓여 줘."

나는 어머니 집 소파에 앉아 TV를 보며 졸았다. 여전한 숙
취로 머리가 지끈거렸다. 졸다 말다 했다. 그러다 고소한 냄
새에 고개를 퍼뜩 들었다. 어머니가 라면을 내오셨다. 아, 그
날의 그 고급진 라면은 사실상 라면이라고 보기 힘들었다.

한 봉지의 인스턴트 라면에서 어머니가 취한 건, 달랑 면
뿐이었다. 라면이란 게 원래 봉투에 첨부된 분말수프의 맛
인 건데, 어머니는 분말수프를 아예 쓰지 않으셨다. 이런저런

조각 야채들을 동결 건조한 소위 건더기 수프도 제쳐 놓으셨다. 술 깨고 따로 여쮀 보니, '어머니 표 라면'은 대강 이런 프로세스를 거쳐 만들어졌다.

1. 콩나물을 푹 익지 않게 삶은 후 건져 낸다.
2. 콩나물이 익는 동안, 찢은 황태에 밀가루를 뿌리고 간장·참기름으로 버무린 뒤, 계란 하나를 풀어서 오물조물 손으로 섞어 놓는다.
3. 콩나물을 건진 물에 라면을 넣고 끓이다가, 밀가루와 계란을 묻혀 놓은 황태를 넣어 더 끓인다.
4. 건져 놓았던 콩나물을 넣어 불을 끄고 뚜껑을 덮어 놓는다.
5. 새우젓으로 간을 한다.

어머니는 새우젓의 잔새우 건더기들이 라면 사이를 떠다니면, 예쁜 게 덜 할 수도 있단 생각에 새우젓 국물만 숟가락으로 떠서 넣으셨다고 한다. 세심하시긴…….

맛은 물론 진국이었다.

무늬만 라면이지, 사실은 콩나물국을 베이스로 만들어 낸 계란·황태 해장국수였다. 라면을 주문했지만, 어머니는 라면을 내어 줄 수 없었다. 그러나 라면에 대한 아들의 욕구 또한 그냥 내치고 싶진 않았다. 기름으로 튀겨 탱탱한 면발을 취하면서, 동시에 아들이 해장할 수 있는 황탯국을 아침으로 내어 온 것이다.

허겁지겁 먹는 동안은 아무 생각 없었다. 그러나 콩나물의 아스파라긴산과 황태의 질 좋은 단백질로 정신이 돌아온 뒤, 나는 이 세상 어머니들의 현명함에 대해 생각했다. 불합리한 요구를 그저 물리치는 대신, 당신의 스타일로 수용하는 지혜 같은 것 말이다.

그리고 또 하나, 세상 어머니들의 인내에 대해서도 생각했다.

술 덜 깬 상태로, 주말의 이른 아침에 들이닥쳐, 이거 해 달라, 저거 해 달라 해도 큰소리 한번 안 내시는, 깊이를 알 수 없는 속내에 대해서.

# 향(香)으로 행복하다

맛은 도대체 무얼까?

어느 날 그게 문득 궁금해졌다.

맛은 미각 아닌 후각에 의존한다고들 한다. 과학자들은 후각에 대한 의존을 70~80% 정도로 얘기한다. 그 정도면 절대적인 걸로 봐줘야 한다. 맛은 그러니까 혀로 보는 게 아니라, 코로 보는 거다. 맛은 맛이 아니라, 향(香)이다.

생각해 보면 당연하다.

혀가 미뢰(味蕾)를 통해 느끼는 맛은 다섯 가지다.

단맛, 쓴맛, 신맛, 짠맛 그리고 감칠맛.

(그런데 그냥 지나치기엔 '미뢰'의 '뢰'란 말이 너무 예쁜 거 같

다. 한자로 '蕾'. 옥편을 찾아보면 '꽃봉오리 뢰'란 설명이 나온다. 우리들의 혀 위로는 맛을 느끼는 꽃봉오리들이 수줍게, 가득 피어 있는 중이다. 아주 예민한 꽃송이들이 입안에 가득하다는 건 참 경이롭고 아름다운 일 아닐까.)

그런데 다섯이란 숫자는 어쨌든 너무 제한적이다.

우리가 어떤 식재료나 요리를 기억하며 떠올리는 '맛'은 그렇게 단순하지 않다. 한번 생각해 보라. 사과의 맛, 아귀찜의 맛, 된장국의 맛, 크림 파스타의 맛, 비빔밥의 맛, 탕수육의 맛, 연어 샐러드의 맛. 그 오묘한 맛들을, 달고 쓰고 시고 짜다는 말 정도로 설명 못한다. 뭐랄까, 신비한 안개 같은 느낌의 향과 그 향을 탐색하는 후각 없이는 '맛'은 존재하지 못한다.

우리가 '명료'를 위해 짐짓 잊고 사는, 그 신비한 안개에 대해 곰곰 생각해 보면, 우리가 감각이란 걸 얼마나 억압하고 사는지 깨닫게 된다. 달고 쓰고 시고 짜다는 개념적 용어로, 우리들은 이 세상의 맛, 아니 향을 사실은 모두 뭉개고 있는지도 모른다.

눈 감고, 입 닫고 고요한 호흡과 향으로만 이 세상을 느낀다면, 우리 앞에 전혀 다른 우주가 펼쳐지지 않을까.

음……, 우주는 너무 많이 나갔다는 걸 잘 알지만, 적어도 이제껏 경험하지 못한, 맛의 새로운 세계만큼은 느낄 수 있지 않을까.

# 색(色)으로 행복하다

하지만 향만큼 색(色)도 중요하다.

색이 없다면, 제대로 된 맛을 느낄 수 있을까.

빨강을 잃어버린 사과, 주황 없는 오렌지를 생각해 보라. 초록을 탈색한 미나리, 희뿌연 김, 얼마나 맛없겠나.

먹을 순 있을 거다.

하지만 무슨 맛으로 먹나.


예전엔 허겁지겁 끼니를 때우기 일쑤였는데, 나이 들어가며 접시에 담긴 한 끼니의 안색이랄까, 기색이랄까 그런 걸 살핀다. 식재료들의 색과 구성을 관찰하는 게 먹기 전의 일이다. 그렇다고 특별한 차림을 바라는 건 아니다. 집에서 아침을 먹을 때면, 개인 접시에 밥과 반찬 몇 가지를 각자 담는다. 회사 가고, 학교 가느라 부산한 아침에 이것저것 차려 먹을 일도 없다. 계란 프라이에, 시금치·아욱 정도 넣어 말갛고 한가한 된장국, 김치, 그리고 갓 지은 밥이면 행복하다. 어쩌다 여유가 생기면 뭐가 됐든 간소한 요리 하나 만들어 접시에 추가하는 정도.

빨간 방울토마토를 껍질 약간 벗겨질 정도로만 굽는다든지, 희고 가날픈 팽이버섯을 기름만 조금 둘러 빠르게 익혀 낸다든지, 아님 주말에 사 두었던 녹황색의 절인 올리브 두세 개를 접시에 올려놓는 식이다. 그렇게 평소 때와는 다른 재료 한두 개만 추가해도 아침 전체가 화사해진다.

오늘의 일용할 양식이 담긴 동그란 접시가 순간, 갤러리의 화사한 색깔로 넘쳐난다. 빨주노초파남보 무지개 빛깔까진 아니더라도, 청적황백흑 오방색 정도만 갖춰지면 그걸 보는 즐거움이 먹는 일의 쾌감을 압도하기도 한다.

향 얘기하면서 우주를 거론했던 것만큼이나 많이 나가는 것 같은데, 미학(美學) 용어 중에 '미적 무관심'이라고 있다. 무려 '칸트 미학'의 중심 용어다. 난해한 철학적 해설까지

취할 필요는 없을 거 같고 그저 한 줄 뜻만 알면 될 거 같은
데…….

　실용에 대한 무관심이 아름다움에 대한 감각을 깨운
다…… 정도로 해설하면 되려나. '미적 무관심'의 뜻이야 어
떠하든, 아침 식탁의 다양한 색에 감동해 식욕을 잊는 경험
은 사실, 좀 짜릿하다.
　갑자기 철학적 인간이 된 듯, 우쭐함 같은 거.
　그래 봐야 몇 초 우쭐도 못하고, 앞에 놓인 색색의 음식들
을 황급히 집어먹고는 버스 정류장으로 튀어나갈 뿐이지만.

# 샐러드는 색의 향연이다

다니던 회사들이 대개 캐주얼한 곳이라 정장을 갖추고 구두를 신는 일이 별로 없었다. 몇 년 전 오가던 직장도 그랬다. 단정하고 깔끔하게 보이면 그만이었다. 편한 옷차림에 운동화를 신었는데, 운동화 색깔이 좀 튀는 파란색이었다. 아침에 사무실 들어설 때마다 사람들이 힐끔힐끔 쳐다본다. '직장을 너무 쉽게 생각하는 거 아니니?' 뭐, 그런 얘기들을 하고 싶은 눈빛이다.

그날도 그랬다. 다른 날과 마찬가지로 사무실 문을 박차고 항상 신던 파란 운동화를 신은 채 당차게 들어섰다. 그때였다. 아주 높으신 분 하나가, 그런 내가 아주 거슬린다는 듯,

그러나 자신은 점잖은 사람이니 따끔하지만 아주 조용하게 한마디만 하겠다는 듯 말을 던졌다.

"신발 색깔이 지나치게 파란 거 아닌가?"

나는 온화한 표정을 지으면서 잠깐 동안 그를 쳐다봤다. 한가한 일요일 아침, 동네를 촐랑거리며 돌아다니는 강아지의 순진무구한 표정으로. 그리고 그 분보다 훨씬 더 조용하고 따끔하게 말했다.

"아, 제가 색을 구분 못합니다."

"아……, 그러니까 색깔을……, 아, 알겠네."

그는 정말 미안하다는 표정을 지으며, 난처한 듯 자리를 피했다. 그러나 그의 황급한 퇴거에 미안한 건 나였다. 왜냐하면, 나는 그 신발이 아주 밝게 빛나는 파란색이란 걸 알고 있었기 때문이다. 나는 색을 정상적으로 구분할뿐더러, 이 세상에 보이는 총천연색들에 아주 민감하게 반응한다. 이 세상의 모든 빨주노초파남보는 사람들에게 얼마나 큰 은총인가.

그런 은총을 깊이 확인한 건 얼마 전 집에서 샐러드를 만들 때였다. 둘째 아이 친구 어머니가 동네에서 텃밭을 하면서 건네 준 채소가 냉장고 야채실에 가득했다. 상추, 깻잎, 쑥갓, 치커리에 당귀까지 연하고 진한 초록빛이 갖가지 모니

터에 지친 눈을 정화시켜 줬다. 그렇게 신선한 야채를 보면서 갑자기 샐러드를 만들고 싶은 의욕이 생겼던 거다.

야채실을 뒤적이며 함께 들어갈 식재료들을 챙겼다. 느타리버섯 몇 가닥, 오이 하나, 미니 파프리카 대여섯 개, 브로콜리 약간, 방울토마토……. 단백질을 보충할 무언가 필요해 계란 서너 개를 삶았다. 씻고, 데치고, 썰고, 자르고 하며 재료를 손질한 뒤, 큼지막한 조리용 볼을 조리대 위에 넣고, 준비한 재료를 정성스레 쌓았다. 그리고 재료들이 다치지 않도록 조심스럽게 뒤적였다.

그리고 마지막으로 그 위에 소스를 뿌렸다. 발사믹 식초와 올리브유와 간장과 다진 마늘을 섞어 만든, 어둡고도 밝은 황금빛 소스.

그 앞에서 나는 황홀했다.

말 그대로 색의 향연이다. 텃밭에서 자란 건강한 야채의 초록에, 느타리버섯과 오이의 투명한 백색이 끼어들고, 그 위로 미니 파프리카의 주황과 노랑, 그리고 주황과 노랑 속에서 반짝이는 빨간 방울토마토, 다시 그 위로 절묘한 반숙으로 촉촉한 희고 노란 달걀. 그 모든 것들이 밝은 갈색의 소스를 베일처럼 두르고 수줍게 빛을 내는 그 광경.

그 진귀한 풍경 앞에서 나는 몇 년 전, 나의 파란 운동화를 질타하려다 주눅 든 강아지처럼 뒤돌아 사라진 옛 직장의 간부를 떠올리며 미안한 마음을 금할 수가 없었다.

사실은 저, 귀신 같이 색을 구분합니다.

그리고 깊은 바다를 떠올리게 해 주는, 진한 파란색을 무척 좋아한답니다.

# 마무리는 피칸파이로 한다

기차 시간 다 돼서 플랫폼으로 뛰어 들어가는 건 청춘들이나 하는 일이지만, 중년들도 가끔 한다. 한가한 오전, 갑자기 어디라도 다녀오고 싶어 아내와 막내를 꼬드겼다. 저녁에는 다른 약속이 있어, 멀리 갈 순 없었다.

"우리, 후딱 챙기고 수원 화성 갔다 오자!"

화성에 대해서는 여러모로 좋은 기억이다. 몇 해 전, 설이었는지, 추석이었는지 고향에 내려가는 대신 한 이틀 어디서 쉬기로 하고 간 게 수원의 화성이었다. 대이동의 시기인 만큼 멀리 가는 건 고생을 자초하는 일이었다. 우리 가족은 그렇게 한적한 어느 명절을 화성의 성곽 길에서 보내고 왔다. 우리 부부도, 아이들도 대만족이었다. 수원 시내를 한눈에 내려다보며, 높지 않은 산을 따라 걷는 성곽 산책은 힐링 그 자체였다.

서울에서 수원을 가는 방법은 여러 가지다. 우리는 그때도 그랬듯 서울역에서 부산행 무궁화 열차를 타기로 했다. 오전 11시 5분 열차를 겨냥하고 서울역으로 향했는데, 그만 11시가 다 돼서야 도착했다. 해당 열차의 개표는 끝난 상태였다. 빈자리는 남아 있는 듯했다. 나와 아내와 초등학교 6학년 막내는 잠깐 눈빛을 교환한 뒤 냅다 뛰기 시작했다. 역 구내와 구내에서 플랫폼으로 이어지는 계단을 쏜살같이 질주하는 중년의 부부와 한 아이를, 사람들은 황당하다는 듯 쳐다봤다. 그런 눈빛 신경 안 쓴 지 오래됐다.

기차는 떠나지 않았다. 막 기차에 오르는 역무원 아저씨에게 물었다.

"저희 타도 돼요?"

"올라오세요. 할증료 내셔야 되고."

우리는 한강을 시작으로 무궁화호 차창 밖에 펼쳐지는 도심의 풍경들을 감상하며 기차 여행의 즐거움을 만끽했다. 고작 31분밖에 안 되는 거리였지만, 낭만은 오롯했다. 판매원만 나타났더라면 삶은 계란에 맥주라도 깠을 것이다.

오전 11시 36분 수원역에 도착한 우리는, 오후 3시 11분에 출발하는 서울행 무궁화 열차 표부터 끊었다. 우리에게 주어진 시간은 정확히 3시간 35분이다. 그 동안 무얼 보고 무얼 먹을 것인가.

비록 큰아이는 빠졌지만, 우리는 명절 가족 여행의 추억을 온전히 되살리기로 했다. 중국음식점 '수원'을 찾았다. 만두가 유명한 곳이다. 그때 우리는 명절의 허기를 달래느라 약간 고생을 해야 했는데, 그건 문을 연 집이 얼마 되지 않아서였다. 그때 우리를 반겨 준 곳이 화성 부근의 만둣집 '수원'이었다. 그곳에서 우리는, 추억의 만두와 우육탕면을 먹었다. 그리고 옛날 들렀던 나혜석 거리를 떠올리며 시립미술관의 나혜석 전시를 보았고, 비 오는 날의 화성 산책도 재현했다.

화성을 내려와 성곽 기슭에 짧지만 아기자기하게 조성된 거리를 걸었다. 기차 출발시간까지는 30분 정도 남았다. 그때 우리 눈에 피칸파이 시식을 안내하는 포스터가 들어왔다.

"먹어 보고 맛있으면 큰애 사다 주자!"

커피도 같이 파는 '로이스'의 시식용 피칸파이는 천연벌꿀을 사용한다는 자랑만큼 깔끔했다. 사장님은 천연벌꿀만큼 천연덕스러운 친절로 기차 시간 맞추느라 경황없는 우리 가족을 평안하게 해 주었다. 짧지만 인상적인 시식 후 우리는, 그 옛날 북아메리카 인디언들이 즐겨 먹었다는 기다란 호두 피칸이 듬뿍 들어간 파이 하나 사 들고 택시를 탔다. 수원역에 도착하니 오후 3시 8분이 가까웠다. 또 뛰어야 했다.

3부

쫄깃한 걸 사랑하세요?

# 세상에는 쫄깃한 것들이 많다

"김 형, 꿈틀거리는 것을 사랑하십니까?"

지금껏 살아오면서 들어 본 것 중에 가장 난감한 질문이다. 꿈틀거리는 걸 사랑하느냐니. 참, 엽기적이고 수상쩍은 질문이네……라고 내다 버리기에는 그러나 너무 유명한 소설의 한 대목이다.

김승옥 소설 「서울, 1964년 겨울」에서 대학원생 안(安)이 던지는 질문이다. 심지어 질문을 받은 '김 형'은 "사랑한다"고 말한다. 꿈틀거리는 걸 사랑한다니. 여하튼 그러면서 시내버스 좌석에 앉은 여성의 아랫배를, 꿈틀거림의 예로 든다. 그게 과연 꿈틀거리는 건지, 단순히 오르락내리락 하는 건지에 대해 쓸데없는 논쟁까지 한다.

그런 논쟁은 정말 쓸데없다고 생각한다. 차라리 나에게 누군가 이런 질문을 던져 주면 훨씬 영양가 있는 논의가 될 텐데…….

"이 형, 쫄깃한 것을 사랑하십니까?"

사랑한다.

아주 많이 사랑한다.

아주 많이, 심할 정도로 사랑한다.

떡볶이, 쫄면, 순대, 어묵, 데친 오징어, 칼국수, 잡채, 수제비, 족발, 아귀찜……. 쫄깃거리는 모든 걸 나는 사랑한다. 물론 그 밖에도 쫄깃한 것들은 수두룩하다. 비싸지 않은 입맛이다 보니, 나열할 게 저 정도인 게 유감스러울 뿐이다. 언제 하루 날 잡아, 내가 모르는 세상의 쫄깃한 것들을 다 만나고 오면 좋겠다.

하나 그건 몸 있는 동안 여기저기 돌아다니다 보면 해결될 일이고, 그보다 놀라운 게 있다. 내가 써낸 '쫄깃 리스트'가 대부분 학교 앞 분식점 메뉴 그리고, 배달을 주로 하는 야식 메뉴와 겹친다는 것이다. 쫄깃한 것을 나만 좋아하는 건 아니라는 강력한 방증이다. 분식과 야식의 시장 규모를 들여다보지 않아서 모르겠지만, 체감만으로도 우리는 분식과 야식의 위력을 잘 알고 있지 않은가.

그렇다면 '쫄깃'에 대한 탐구는 내 개인 취향을 넘어 국내 요식업계의 판도에까지 영향을 미치는 중요한 사안이 아닐까? 아니겠지만, 그래도 쫄깃한 것에 대해 한번쯤 제대로 생각을 해 보고는 싶다.


쫄깃하다는 것은 '맛'의 범주에 들지 않는다. 신맛, 쓴맛, 단맛, 매운맛, 짠맛, 감칠맛 그 어느 것에도 어울리지만, 그 어느 것에도 속하지 않는다. 굳이 구분하자면 맛의 한 범주에 속한다기보다 차라리 식감(食感) 정도가 될 것이다. 무언가를 먹을 때 입안에서 느끼는 감촉……, 너무 막연한 감(感)이 있지만, 그게 식감이다.

그런데 식감은 맛이 아니면서도 사람을 끌어당기는 강력한 유혹이다. TV만 틀면 나오는 맛집 탐방 프로그램들을 떠올려 보라. 막 무언가를 먹고 나서 황홀한 얼굴로 인터뷰에 응한 사람들 대부분이 "아, 일단 식감이 너무 좋고요!"라고 운을 뗀다. 식감은 많은 경우에 맛에 앞서는 음식 선택의 기준이다.

그렇게 중요한 식감의 대표주자로 꼽힐 '쫄깃'은 대체 어떤 속성일까. 어떤 특성을 갖기에 전국의 분식점과 야식 배달점과 내 입맛을 한꺼번에 사로잡았을까. 나는 '쫄깃'을 어떻게 정의해야 할지 장시간 고민하고 여기저기 찾아본 뒤에 결론 내렸다.

— 연하면서 질긴.

'쫄깃'의 치명적인 매력은 바로 저 이중성이다. 서로 상반되는 것의 절묘한 결합. 쫄깃하기 위해서는 먼저 연해야 한다. 처음 씹을 때 '아, 이거 무지 부드럽네!'란 느낌이 와야 한다. 그러나 직후, 입안에서는 갑자기 탄성(彈性)이 느껴진다. 자신에게 가해진 힘을 이겨 내고, 본래의 모습을 회복하기 위해 입안에서 안간힘을 쓰는 떡볶이와 쫄면과 순대와 족발을 생각해 보라. 그 질긴 투혼은 얼마나 아름다운가.

세상에 순응하는 듯 연하면서도, 세상에 절대 지지 않을 기세로 질기기도 한 이중성 때문에 우리는 세상의 모든 쫄깃한 것들을 사랑하는 게 아닐까?

아니겠지.

# 주꾸미에겐 남다른 사연이 있다

쫄깃한 거 하나 빼먹었다. 서해 바닷가에 빨간 동백 흐드 러질 때쯤, 제 속으로 흰 알을 채우기 시작하는 봄날의 별미. 주꾸미다.

주꾸미는 여러모로 애매하다. 시장에서, 음식점에서 부르 는 대로 '쭈꾸미'라 해 주고 싶지만 국립국어원의 표준어 규 정에 위배된다. 자장면 말고 짜장면도 표준어 아니냐고 따져 도 소용없다. 주꾸미의 '주'를 이유 없이 된소리 '쭈'로 발음 하는 건 용납되지 않는다. 주꾸미는 계속 주꾸미여야 한다.

이름뿐 아니라 크기와 생김새도 애매한 편에 속한다. 뼈 없이 흐물흐물한 연체동물 중에 두족류가 있다. 머리(두)에

발(족)이 달려서 두족류다. 그중에 발이 10개인 걸로 오징어·
갑오징어·꼴뚜기가 있고, 8개인 걸로 낙지·문어가 있다. 주
꾸미의 경우 다리가 8개이니 낙지·문어와 한 통속이다. 하지
만 문어가 보통 60~70㎝에서 클 때는 3m에 이르고, 낙지도
곧잘 30㎝를 웃도는 데 비해, 주꾸미는 커 봐야 20㎝다. 거
대한 문어, 미끌미끌 유연한 낙지에 비해 생김새에도 별 특
징이랄 게 없다. 그렇게 눈에 띄지 않으니 '꼬마 문어'나 '꼬
마 낙지' 소리를 듣고 만다. 주꾸미라는 그 애매한 이름조차
제대로 듣고 살지 못했다.

그러던 주꾸미였는데, 요즘엔 봄날 제철음식으로 이름을
날린다. 오랜 세월에 걸친 푸대접을 딛고 일어섰다. '봄 도다
리'와 어깨를 겨루기도 하고, '봄 주꾸미, 가을 낙지'라는 슬
로건 속에서는 자신에게 '꼬마'라는 수모를 안겼던 낙지와
대등한 경쟁을 펼치기도 한다.


이 정도면 입지전이다. 무엇이 주꾸미의 입지전을 가능하
게 했을까? 이름도 애매하고, 생김새도 볼품없는 주꾸미의
기사회생을 가능하게 한 것은 무엇일까?

주꾸미에게 화려한 봄날을 안겨다 준 요인은 두 가지다.

하나, 모락모락 김을 내는 흰 쌀밥의 모양새로 머리(사실은

몸)를 가득 채운 알들.

둘, 보이진 않지만 몸체 전반에 퍼진 유기화합물 타우린.

시련을 이기고 봄철의 대표 음식으로 떠오른 주꾸미의 사연을 7가지 키워드로 정리해 본다. 그냥 재미로 해 보는 거지만, 주꾸미의 기구한 사연은 한 번쯤 그렇게 정색하고 정리해 볼 만한다. 톰방해 보이는 외모의 분위기와 달리, 그 사연이 예사롭지 않기 때문이다.

각각의 키워드는 모두 흰 알과 타우린의 변주다.

### 1. 동백꽃

동백은 겨울과 봄에 외롭게 꽃을 피운다. 12월 말 한반도 남단 거문도에서 피기 시작해, 2월에 진도와 해남, 여수와 통영을 거치고, 3월이면 미당 서정주의 시로 유명한 고창 선운사에서 붉디붉은 꽃을 터뜨린다. 막걸릿집 여자의 육자배기 가락에 작년 것만 남은, 그것도 목이 쉬어 남은 동백꽃들을…… 그리고 충남 서천 마량 포구의 동백꽃이 남는다. 마량은 동백의 북방한계선이다.

서천 바닷가 마량 포구를 내려다보는 언덕에서 한반도의 마지막 동백들이 그 빠알간 꽃망울을 일제히 터뜨리려 할 때, 주꾸미는 하얀 밥알 같은 알을 제 몸에 가득 채우기 시작한다. 그게 3~4월을 대표하는 알배기 주꾸미, 봄날의 주꾸미다.

시들어야 떨어지는 다른 꽃들과 달리 동백은, 꽃망울 아직 생생할 때 툭, 땅으로 떨어진다. "동백은 세 번 핀다"는 말은 그래서 한다. 나무 위에서 한 번, 땅 위에서 한 번 피고 난 연후에도 그 진홍의 이미지는 사라지지 않고, 사람 마음속에서 한 번 더 자신을 피워 낸다. 동백이 그렇게 세 번 피고 지는 봄날 내내, 주꾸미는 전국 도처에 깔린 식당의 냄비와 석쇠 위에서 그 하얗고 탐스러운 알을 툭툭 터뜨려 댄다. 듣도 보도 못한 식감으로 주꾸미가 사람들을 유혹하기 시작하는 3월 하순, 마량 포구 일대에선 붉은 꽃과 하얀 알이 뒤섞이는 '동백꽃·주꾸미 축제'가 열린다. 올해도 어김없다.

### 2. 밥 문어

세심한 어류 백과사전 『자산어보』는 주꾸미를 준어(蹲魚)로 칭한다. '준(蹲)'은 웅크리고 쭈그린다는 뜻인데, 춤을 춘다는 의미도 갖는다. 200년 전 흑산도의 정약전은, 바위틈에서 웅크리고 있다가 누군가에게 발각돼 도망치는 주꾸미를 유심히 관찰했을 게다. 오므렸던 다리를 연신 펼쳐 대며 리드미컬하게 움직이는 주꾸미의 폼은 어수룩하나마, 왈츠를 추는 모습과 닮았다. 한자 표기 중엔 준어 말고 죽금어(竹今漁)도 등장하는데, 발음(주꾸미)이 먼저인지, 표기(죽금어)가 먼저인지는 알 수 없다.

주꾸미의 생태에 주목한 약전과 달리, 일본인들은 요리의 재료로서 주꾸미의 특징에 더 관심을 보였다. 주꾸미를 표현하는 일본어 중에 반초(飯蛸)가 있다. '반(飯)'은 밥이다. '초(蛸)'는 문어일 때도 있고, 낙지일 때도 있다. 주꾸미는 일본 사람들에게 '밥 문어' 아니면 '밥 낙지'다.

### 3. 삼겹살

알 가득, 살 오른 주꾸미를 사람들은 데치고, 삶고, 볶고, 굽는다. 살짝 데쳐 초장에 찍어 먹어도 그만이지만, 미식과 요리의 욕구는 쉽게 멈추지 않는다. 손바닥 펼친 만큼의 아담한 사이즈, 그리 크지 않아 통째로도 먹기 적당한 이 식재료를 사람들은 가만 두지 않는다. 신선한 야채들에 얹어 샐러드의 풍미를 높이고, 비빔밥에 넣어 먹는가 하면, 철판볶음, 석쇠구이, 샤부샤부의 재료로 쓴다. 그리고 삼겹살과 함께 볶아도 먹는다.

"굳이 삼겹살을?"이란 의문을 피할 수 없다. 땅 위의 단백질과 바닷속의 단백질을 함께 놓고 먹는 건, 미감(美感)으로도, 식감(食感)으로도 부담이다. 그러나 영양소들의 합종연횡을 고려할 때, 삼겹살과 주꾸미의 궁합은 탁월하다. 삼겹살 앞에서 미식가들을 주춤거리게 하는 콜레스테롤의 횡포를, 주꾸미가 잡아 주기 때문이다. 주꾸미 속, 타우린의 효능이다.

아미노산의 일종인 타우린은 콜레스테롤을 몸 밖으로 배출한다. 삼겹살을 많이 먹으면 콜레스테롤 수치가 높아진다. 콜레스테롤은 간과 혈관에 쌓여 혈액의 흐름을 막는다. 동맥질환, 고혈압 걱정을 해야 한다.

주꾸미가 그 문제를 해소해 준다. 주꾸미 속 타우린은 간에 쌓여 있는 콜레스테롤을 담즙산 형태로 배출시킨다. 고추장을 담뿍 넣어 주꾸미와 삼겹살을 볶은 '쭈삼(주삼) 불고기'의 인기는 영양상의 이유도 갖는다.

### 4. 박카스

간의 부담을 덜어 주다 보니, 타우린은 피로회복제로도 각광이다. 최근엔 알츠하이머병을 호전시킬 성분을 찾기 위한 연구가 부산하다.

주꾸미에는 과연 얼마만큼의 타우린이 들었을까? 국립수산과학원에서 분석해 놓은 수산물성분표를 보면, 100g을 기준으로 1597㎎의 타우린이 주꾸미에 들어 있다. 연체동물 두족류 중에 압도적인 수치다. 오징어의 5배, 문어의 4배, 낙지의 2배 수준이다. 오징어·문어·낙지 모두 자신들의 강점으로 타우린을 내세우지만, 주꾸미에 비하면 턱없다. 타우린의 최강자는 단연 주꾸미다.

특정 브랜드 얘기를 꺼내서 그렇지만, 사람들이 흔히 마시는 피로회복제 박카스와 비교해 보면 주꾸미의 위력이 단박에 드러난다. 박카스의 주성분이 바로 타우린이다. 그냥 타우린 음료라고 해도 된다. 그럼 박카스 한 병에는 타우린이 얼마나 들었을까?

약국에서 파는 박카스-D에 2000㎎, 편의점에서 파는 박카스-F에 1000㎎의 타우린이 들었다. 요즘 같은 봄날, 서해에서 잡아 올리는 주꾸미를 1㎏ 주문하면 보통 7~9마리가 딸려 온다. 한 마리의 무게는 130g 안팎이 된다. 이 정도 주꾸미 한 마리면 대략 2000㎎, 약국에서 파는 박카스-D 한

병에 포함된 양과 비슷한 양의 타우린을 함유한다.

타우린 섭취를 위해 박카스 한 병을 마실지, 주꾸미 한 마리를 먹을지는 취향의 문제이지만, 주꾸미에는 타우린 외에 질 좋은 단백질도 풍부하단 사실을 잊지 말자.

### 5. 가미카제

아마도 타우린의 간 기능 개선과 연관이 있겠지만, 주꾸미는 시력 유지·회복에도 큰 효과를 보인다고 한다. 일본의 한 연구자가 고양이에게 한참 동안 생선을 못 먹게 한 적이 있다. 그랬더니 시력이 확 떨어졌는데, 나중에 분석해 보니, 그게 타우린 결핍 때문이었단 것이다.

과장이 섞인 걸로 보이지만 한층 드라마틱(dramatic)한 사연도 있다. 일본의 가미카제 특공대 얘기다. 2차 세계대전 말미, 폭탄이 장착된 비행기를 미군 함정으로 몰고 가 자살 공격을 한 일본군이 가미카제다. 그런데 전쟁이 길어지고 몸이 상하면서 가미카제 특공대원들의 시력이 떨어졌단다. 미군 함정으로 정확히 달려들어야 하는데, 눈이 침침하니 큰일이다. 이때 주꾸미를 먹여 시력을 회복시켰다는 것이다.

낙지를 먹었다는 얘기도 있는데, 이때는 시력보다 원기 회복 또는 흥분에 타우린 효능의 초점이 맞춰진다. 어느 쪽이든 타우린의 빠른 약리 효과를 강조하는 '설(說)' 정도로 보면 된다.

### 6. 소라(피뿔고둥)

동백과 삼겹살에 이어 주꾸미의 단짝이 또 하나 있다. 바로 소라다. 주꾸미를 잡는 방법은 두 가지다. 그물을 쓰기도 하지만, '소라방' 조업이 여전히 많다. 빈 소라 껍질 여러 개를 줄에 묶어 얕은 바다 밑에 가라앉혀 놓는 조업 방식이다. 시간을 두고 기다리면, 주꾸미들이 그 속으로 들어가고, 어부들은 그걸 건져 올린다. '소라'방으로 뭉뚱그려 부르고 말지만, 주꾸미 조업에 사용하는 '소라'는 정확히는 '피뿔고둥'이다.

### 7. 모정

주꾸미들은 구멍만 있으면 그리로 잠입한다. 왜 그럴까? 왜 그리 쉽게 피뿔고둥의 빈껍데기 속으로 파고들어 가는 걸까?

알을 낳기 위해서다.

서해안에 흔한 피뿔고둥은 주꾸미의 주요 은신처인 동시에 최고의 산란 장소다. 5~6월 산란기가 되면 주꾸미는 봄에 품었던 알들을 피뿔고둥 껍질 속에 풀어 놓는다. 그리고 내내 그 주위를 떠나지 않는다.

알을 지키기 위해서다.

알을 내어놓고 부쩍 야윈 몸으로 부화를 기다리는 것이다. 그리고 새끼가 태어나면 짧고 거룩한 생을 마친다. 그 절절한 모성 앞에서, 모락모락 김을 내는 쌀밥 모양의 주꾸미 알에 계속 욕심을 내야 할지 말지, 그건 한번쯤 고민해야 할 문제다.

# 해삼·멍게·말미잘은 억울하다

아마 5월쯤이겠다. 달이 바뀌면 1~2주 사이에 재래시장과 대형 마트, 그리고 식당에 멍게들이 쏟아지기 시작한다. 시장 매대엔 탐스럽게 빨간 멍게가 통째로, 마트 진열대엔 투명 포장 속, 주황빛 멍게 속살이 빛을 낸다. 식당에선 회로부터 국·찜까지 다양한 멍게 요리가 미감을 자극한다. 경계의 맛이랄까. 까딱 잘못하면 "이걸 왜 먹지?"란 반응이 나올, 비릿한 바다 향, 바다 맛이다. 그 위태롭고도 절묘한 맛에 탐닉하기 전, 멍게의 정체성이랄까 그런 얘기부터 잠깐.

멍게는 해삼·말미잘과 함께 아이들이 곧잘 얕잡아 보는 대상이다. 친구들과 놀다가 상대가 답답하게 느껴지면 '넌 이제 끝났어!'란 표정을 지으며 아이들이 소리친다.

"이 바보 멍청이 해삼 멍게 말미잘아!"

기분이 많이 상하는 욕이다. 이 얘기를 들으면 막 열을 내
싸우다가도 전의를 상실하게 된다. 개·돼지도 아니고 해삼,
멍게, 말미잘이라니……. 해삼·멍게·말미잘이 그렇게 단번에
아이들을 풀 죽게 하는 건 물론, 그들의 생김새 때문이다. 머
리도 없고, 손발도 없고, 눈 같은 감각기관도 따로 없다. '지
적 수준'에 따라 동물을 줄 세우는 건 지극히 부당한 일이다.
하지만, 뇌도 없고, 뇌에 전달할 정보를 만들어 내는 감각기
관도 없는 게 사실이니, 바보·멍청이 취급한다고 무조건 뭐라
할 수도 없다.

그렇긴 해도 해삼과 멍게와 말미잘이 싸잡아 같은 대우를
받을 건 아니다.

해삼·멍게·말미잘은 동물 분류학상 나름의 위치를 갖는
다. 셋 중 가장 하등할 것으로 보이는 말미잘 얘기부터 하
자. 말미잘은 강장동물이다. 화려한 촉수는 '바다의 아네모
네'란 별명까지 가져다주었지만, 촉수 아래로는 '텅 빈 창자
(강장)'만 하나 있을 뿐이다. 말미잘은 그 원통형의 빈 창자를
바위에 붙이거나, 모래에 파묻고 살아간다.

해삼은 극피동물이다. 석회질의 가시가 돋친 피부(극피)를 갖는다. 해삼의 경우 가시라기보다 돌기에 가까운 쪽으로 봐줘야겠다. 어쨌든 해삼도 단순하게 생긴 몸통 하나로 삶을 영위한다. 모래나 바다 밑바닥의 흙을 삼켜, 그 안의 유기물을 소화하고 나머지는 다시 바다로 내보내는 단순한 방식이다.

그런데 멍게는 무척추동물인 말미잘·해삼과는 사뭇 다르다. 물론 척추동물의 삶이 무척추동물의 삶보다 나을 거라 판단할 이유는 하나도 없다. 그래도 척추동물인 인간의 입장에서 말미잘과 해삼을 하등동물로 보겠다는 걸, 또 뭐라 할 건 아니다. 어쨌든 멍게는 해삼·말미잘보다는 덜 하등하다.

모양으로 보자면 멍게는 '바다의 칼집(鞘·초)'을 뜻한다고 '해초류'인데, 계통으로는 강장(말미잘)이나 극피(해삼)동물보다 척추동물에 훨씬 가까운 척삭동물이다. 척삭은 동물의 몸을 지지하는 끈 같은 것으로, 이게 발전해 딱딱한 뼈가 되고, 그리 되면 그게 척추다. 인간의 성장이 그런 식이다. 사람의 형상을 갖춰 가면서 배아 시절의 척수가 척추로 변한다. 멍게도 그럴 뻔했다.

어린 시절의 멍게는 올챙이처럼 바다를 헤엄쳐 다니는데, 그 시절 멍게의 구조나 모습은 인간의 배아와 별로 다를 게 없다. 그러나 성체가 되면서 척수가 척추로 변하지 않고 퇴화한다. 척수만 퇴화하는 게 아니라, 눈에 해당하는 안점, 뇌의 역할을 하던 신경계가 한꺼번에 사라진다.

역(逆)진화라 해야 할까. 멍게는 성체가 되면서 고등 동물의 특성을 스스로 버린다. 제 몸에 남겨 놓는 건, 빨갛게 울퉁불퉁한 껍질과 껍질에 달라붙어 있는 주황빛의 툭툭한 근육과 근육 안쪽의 노란색 내장이다. 그리고 우리는 건강하고 탄탄한 주황의 멍게 근육을 껍질로부터 떼어 내고 썰어서는, 회로도 먹고, 끓여도 먹고, 구워도 먹고, 찜으로도 먹는다.

# 멍게의 삶은 숭고하다

　술, 특히 찬 소주를 좋아하는 이들에게 멍게는 횟감이다. 껍질 안쪽에서 살(근육)을 떼어 내고 흐르는 물에 두어 번 헹군 뒤에 한입에 들어갈 크기로 썬다. 그리고 옆에 만들어 놓은 초고추장에 날로 찍어 먹으면 그만이다. 소주 한 잔에, 멍게 한 점. 애주가들이 쉽게 잊지 못하는 환상의 조합이다. 뭉근한 초고추장에 멍게살을 날로 찍어 입에 넣고, 그 위로 소주를 한 모금 머금을 때의 아릿함⋯⋯. 멍게가 해삼·개불과 함께 단품 요리로 횟집의 메뉴판을 굳건히 지키며 살아 있는 이유다. 거나하게 취하기라도 하면 황금빛으로도 보이는 밝은 주황(멍게살)과 짙은 빨강(초고추장)의 강렬한 대비도 멍게의 지속적 인기를 뒷받침한다. 맛으로만 먹는 건 아니니까.

술이 없을 경우, 멍게비빔밥과 멍게미역국이 대표적 멍게 레시피로 등극한다. 두 경우 모두, 멍게 특유의 비릿하고 알싸한 향을 요리의 끝까지 어떻게 살려 낼 것인가? 그게 관건이 된다.

비빔밥의 경우 흰 쌀밥에 멍게와 함께 얹을, 여릿한 봄나물을 준비한다. 해안에서 바닷바람 맞고 자란 세발나물도 좋고, 그보다 훨씬 더 야들야들한 데다가 멍게 못지않게 독특한 향을 지닌 돌나물을 넣어도 좋다. 채 썬 오이나 무순을 추가해도 좋다.

고추장을 넣을지 간장을 넣을지 선택해야 하는데, 개인적으론 간장 쪽이다. 그것도 아주 조금만. 고추장이나 초고추장은, 단단한 껍질 속으로 멍게가 오랜 시간, 꽁꽁 감추어 온 바다 향을 덮어 버리기 십상이다. 사실 멍게 자체의 짭조름한 맛으로도 다른 양념이 필요 없다. 신선한 멍게 속살에, 봄나물 서넛을 얹는 정도에 그쳐야 바다 맛이 산다. 물론 약간의 참기름은 필수다. 마지막으로, 숟가락보다 젓가락으로 비벼야 한다는 점. 따뜻한 쌀알과 찬 멍게살의 접촉을 최대한 줄여 보잔 것이다.

미역국은 재료와 관계없이 요리 방법이 엇비슷하다. 단백질을 담당할 재료(소고기, 바지락, 황태 등등)와 불린 미역을 간장·참기름으로 잘 버무린 뒤, 빈 냄비 위에서 볶는다. 충분히 볶고 나서 물을 넣어 한참을 끓이는 것으로 진한 국물을 끌어낸다. 멍게도 그렇게 한다. 그러나 멍게 전체를 처음부터 그렇게 사용하진 않는다. 남겨 두었다가 국이 다 끓은 뒤, 불을 끄고 나서 투하한다. 국그릇에 담아내기 전, 냄비 뚜껑을 잠깐 닫아 설핏만 익히면 된다.

이유를 짐작하실 게다. 볶고 끓인 멍게는 고소할진 몰라도, 특유의 향과 맛을 잃는다. 국을 다 끓인 후 넣어, 익히는 듯 마는 듯해야 바다의 향과 맛이 살아난다. 충분히 끓은 미역국에 나머지 절반의 멍게를 붓는 건 "싱싱한 바다 향아, 살아나라, 살아나라!" 주문을 거는 일이다.

썰어 놓은 멍게는 한입에 먹기 좋아 다양한 레시피에 응용된다. 파스타에도, 리소토에도 맛보지 못한 풍미를 스며들게 한다. 통영 등지의 멍게 전문 식당에 가면 멍게가스, 멍게만두, 멍게그라탕, 멍게샐러드까지, 허를 찌르는 요리들이 등장한다. 그렇긴 해도 멍게 요리의 본령은 회와 비빔밥, 미역국

정도까지가 아닌가 싶다. 멍게는 아무래도 육질보다, 향이다.

씹어 보고 삼켜 보는 걸로도 바로 느껴지지만 멍게에는 단백질이 많고 지방은 적다. 100g 기준으로 단백질 9.2g, 지방 2.6g의 함량이다(국립수산과학원 수산물 성분표). 해삼·해파리와 함께 '3대 저칼로리 수산물'로 꼽힌다. 살 빼자고 멍게 찾아 먹을 일은 아니지만, 다이어트 식품이 맞다.

당뇨병과 피부미용에 좋다는 얘기도 한다.

당뇨병에 대한 효능은 멍게에 포함된 미량 금속 바나듐 얘기를 하면서 주로 나오는데, 바나듐이 사람 몸에서 어떤 생물학적 기능을 하는지에 관해선 확실한 연구결과를 찾기 어렵다. 멍게가 바닷물에 녹아 있는 바나듐을 자기 몸에 농축시키는 능력이 탁월해, 바나듐을 다량 함유하고 있는 건 맞다.

피부미용을 얘기하는 건 콘드로이틴황산이란 성분 때문이다. 피부에도 좋고, 뼈에도 좋아 화장품의 원료로 쓰이는 물질이다. 해삼에도 풍부하고, 홍어 연골에서도 추출한다.

글리코겐을 빼놓을 순 없겠다. 멍게를 먹으면 쌉싸름한 맛 뒤로 달콤함이 오래 묻어나는데, 글리코겐 때문이다. 글리코겐은 동물의 간이나 근육에 풍부한 탄수화물이다. 우리가

먹는 멍게살이 근육질이다 보니, 멍게에도 글리코겐이 많다. 글리코겐은 탄수화물 중 다당류에 해당한다. 사람 몸이 포도당을 필요로 할 때, 적시에 공급해 줄 수 있다. 봄철에 피로하고 노곤할 때 멍게를 먹으면 힘이 바로, 마구 난다는 얘기다.

초봄 지나 4~5월은 돼야 멍게가 제맛을 얻는다고 하는데, 그것도 글리코겐 덕이다. 수온이 올라가면서 글리코겐 함량이 높아지고, 멍게의 달콤한 맛은 날이 추울 때에 비해 훨씬 강해진다.

무엇보다 멍게란 이름, 참 희한하다. 그런데 일상에선 멍게, 멍게 하지만, 학술논문 같은 데선 '우렁쉥이'란 용어가 주로 쓰인다. 원래는 우렁쉥이가 표준어, 멍게는 사투리였다. 그런데 사람들이 시장에서 죄다 멍게, 멍게 하니까 멍게도 표준어로 인정했다. 우렁쉥이도 표준어로 남겨 두긴 했다.

다른 이름들도 그렇지만 멍게란 이름이 어떻게 생겨났는지는 불분명하다. 우둘투둘, 멍게의 생김새가 워낙 일상적이지 않다 보니 경상도 사투리를 끌어들인 우스개 해설도 등장한다. 생긴 게 하도 희한하니까 사람들이 "이기 멍기요(이게 무언가요)?" 자꾸 물었고, 그러다가 '멍기'가 '멍게'가 됐다

는 설(說)이다. 멍~하게 생겼으니 멍게 아니겠느냐고 별 생각
들 없이 말하기도 하지만, 그건 아이들이 "이 바보 멍청이 해
삼 멍게 말미잘아!" 하는 거나 같은 수준이다.

　멍게는 그렇게 자주 희화화된다. 하지만 바위나 해초에 달
라붙은 채 고요히, 해류에 몸을 내맡기고 살아가는 5~6년
의 생이 우스운 것만은 아니다. 어린 시절의 복잡한 생각(신
경계)과 감각(안점)과 자유(헤엄치면 살았으니)를 스스로 퇴화
시키고 이리저리 흔들리는 멍게의 삶은 달관과 초연에 가깝
다. 멍게 특유의 비릿함이 어쩌면 숙성된 인생의 쓴맛 아닐
까, 가끔 생각하는 건 그래서…….

# 과메기의 정체성 논쟁엔 이유가 있다

2017년이었을 게다. 과메기에게 그때만큼 드라마틱했던 겨울은 없었다. 그해 11월 중순, 그러니까 한반도에 찬 서리 내릴 무렵, 지진이 과메기의 본고장 포항을 강타했다. 지진으로 매출이 떨어지자 청와대까지 직·간접 마케팅에 나섰다. 과메기는 그만큼 '국민 별미'에 속한다. 그런데 그렇게 익히 알려진 별미를 두고 "과메기란 게 도대체 무엇이냐?"에 대해 겨울의 초입마다 술꾼과 미식가들의 논쟁이 반복된다. 이유가 뭘까. 조금 멀리서 시작해 보자.

물고기들 중에 '등푸른 생선'이라 불리는 것들이 있다. 청어, 정어리, 고등어, 전갱이 등이 우리에게 친숙한 등푸른 생선이다. 이 생선들은 대개 바닷물 수면 가까운 곳을 헤엄쳐 다닌다. 그리고 등이 진하게 푸르다. 왜 그럴까? 푸른빛은 바다의 빛깔이다. 바다 위를 날며 호시탐탐 물고기들을 노리는 새떼들을 피하기에 적당하다. 얕은 바다를 유영하는 생선들의 푸른 등은 생존을 위한 고육지책이다.

바다 표면을 헤엄치고 다니다 보니, 등푸른 생선들은 어업 기술이 발달하지 않은 옛날에도 사람들의 식탁에 자주 올랐다. 그런데 등푸른 생선들은 육질과 성분에서, 바다 깊은 곳 흰살 생선들과는 차별화되는 특징들을 갖고 있다. 쉬지 않고 움직이는 물살을 따라 이리저리 헤엄치다 보니 근육이 발달했다. 살이 단단한 편이다. 에너지원으로서 지방의 함량도 흰살 생선들에 비해 높다.

자, 이쯤 해서 우리들이 겨울철이면, 싱싱한 물미역에 보기 좋게 잘라진 실파까지 몇 개 곁들여 초고추장에 푸욱 찍어 먹는 과메기를 떠올리자. 깊숙한 발효를 짐작하게 하는 진한 구릿빛의 쫀득쫀득한 육질과 육질 곳곳에 밴 감칠맛의 기름기……. 단단한 살과 풍부한 지방의 등푸른 생선이 아니면 만들어 낼 수 없는 맛이다. 그리고 다양한 문헌과 구전이 확인해 주는 대로라면, 긁어 담을 만큼 흔했던, 한반도 근해의 대표적 등푸른 생선이 바로 '푸를 청(靑)' 자(字)를 쓰는 청 어였다. 그 흔한 청어를 얼리고 말리면, 그게 바로 과메기다.

그런데 어쩌다 얼리고 말리게 됐을까? 그냥 구워 먹어도 담백하고 맛난 게 청어인데. 한 음식의 기원이 고달픈 사회 사(史)를 함축하는 경우가 있다. 예컨대 세계 어디서나 즐겨 먹는 감자가 그런 경우다. 남미가 원산인 감자는 유럽에 상 륙하고도 한참 기피의 대상이었다가, 18세기에 대기근이 유 럽을 휩쓸자 비로소 '음식'의 자격을 얻었다. 과메기의 탄생 과정에도 서글픈 사회사가 개입한다.

청어가 주로 잡히던 동해는 왜적의 침입이 잦았다. 가을이 지나면서 제철을 맞는 청어를 사람들은 열심히 잡아들였다. 그런데 그때쯤 왜적들이 모습을 드러낸다. 사람들은 급한 대 로 잡아 놓았던 청어들을 지붕 위로 던져서 숨긴다. 해풍(海 風)이 매서워지기 시작할 때다. 지붕 위의 청어는 침략자들 이 마을을 헤집는 며칠 동안 지붕 위에 숨겨진 채로 얼었다 녹았다 한다.

물론 순전히 '요리사(史)적'인 설명도 있다. 11월 지나 찬바 람 들기 시작하면서 잡히기 시작하는 청어들은 동지쯤 되면 남아도는 지경이 된다. 구룡포 사람들은 남은 청어들을 부엌의 창에 내걸었다. 바깥에선 겨울바람이 쌩쌩 부니 청어들은 밤새 꽁꽁 언다. 그런데 아침·저녁으로 밥을 안칠 때 아궁이에서 나오는 훈기는 얼었던 청어를 녹인다. 그렇게 얼었다 녹았다 하는 중에, 아궁이에서 타는 나무의 연기까지 곁들여지며 훈제의 효과도 얻는다.

어느 쪽이든 과메기 맛의 비밀은 두 가지 '비법'에 의존한다는 걸 알 수 있다. 툭툭 끊어지면서도 보기 드물게 쫄깃한 육질과 온몸에 퍼진 채로 혀를 즐겁게 하는 지방은 냉동과 해동의 반복에서 얻어진다. 회도 아니고 포도 아니면서 물컹한 듯 쫀득한 육질은 쉽게 얻어지는 게 아니다. 그리고 찬 바닷바람이 가세한다. 생선을 저장하는 가장 손쉬운 방법은 소금에 절이는 것이다. 그러나 과메기는 소금에 절이지 않는다. 대신 짠 기운을 머금은 바닷바람의 향취가 과메기의 맛을 은은하게 끌어 올린다. 과메기 맛의 다른 한 축은 바닷바람이다. 그 복합적인 숙성 과정에서 등푸른 생선에 안 그래도 많은 불포화지방산 DHA까지 풍부해져 영양까지 높인다.

그런데 왜 청어는 과메기가 됐을까?

과메기란 이름은, 과메기가 말려지는 바닷가의 전통적 덕장 풍경을 스케치하듯 보여 준다. '덕'은 널이나 막대기를, 적당히 떨어진 기둥 사이에 얹어 만든 시렁이나 선반을 말하는데, 바닷가에선 이 덕에다가 명태도 말리고 오징어도 말리고 청어도 말린다. 청어의 경우, 바닷물로 잘 씻은 뒤에 싸리나무 가지로 눈을 꿰어 여러 마리를 엮은 채로 덕에 건다. 물론 전통적인 방식이 그랬다는 얘기다. 그때 눈들을 꿰니까 관목(貫目)이고, 관목어(貫目漁)가 되는데, 관목어의 발음이 변하면서 과메기가 됐다는 설(說)이다. '목'이 현지 방언인 '메기'로 변하고, '관'의 'ㄴ'은 발음하기 번거로우니 사라졌다. 과메기란 이름에는 찬바람을 맞으며 주렁주렁 매달린, 눈 내리는 바닷가 덕장 풍경이 담겨 있다.

그런데 과메기의 역사는 1950년대를 전후해 중대한 변곡점을 맞는다. 그때쯤 '청어=과메기'의 등식이 깨지기 시작한다. 1950년대 전후로 한반도에 벌어진 굵직한 사건들은 광복 그리고 한국전쟁 정도인데, 그런 정치적이고 역사적인 사건이 과메기의 입지에 영향을 끼쳤을 리는 없고, 그보다 훨씬 중차대한 '사건'이 한반도 주변에서 일어났다. 바로 해류의 변화다.

지구 온난화 때문인지, 주기적 기후 변화의 일환인지 모르지만 그때쯤 한반도 주변 해류에 변화가 생겼고, 청어가 사라진다. 전쟁 탓도 있었겠지만 어쨌거나 1950년대를 지나면서 국내 청어 어획량이 급격이 줄어든다.

청어는 사라졌지만 과메기는 사라지지 않았다. 사람들은 청어보다 작지만, 얼리고 말렸을 때 비슷한 맛을 내는 꽁치로 과메기를 만들기 시작했다. '청어 과메기'의 시대를 '꽁치 과메기'의 시대가 잇기 시작한 것이다. 역사적 원조에 해당하는 청어 과메기가 더 기름지고 살도 많지만, 후발 주자인 꽁치 과메기의 고소하고 쫀득한 맛을 더 치는 사람들도 많다.

그렇다고 청어 과메기가 완전히 사라진 건 아니다. 1930년대 초반까지만 해도 연간 7만t에 달하던 청어 어획량은, 1990년대 중반엔 1만t 아래까지 떨어지더니, 2000년대 중반을 넘어서면서는 회복세를 보여 요즘엔 연간 2만~3만t 수준을 유지하고 있다. 또 몇 년 전 일본 원전 사고 이후에는, 주로 원양산인 꽁치에 비해 연근해산이 많은 청어 쪽에 소비자들의 관심이 쏠리면서 청어 과메기에 대한 수요도 덩달아 늘고 있다. 그러나 대세(大勢)는 물론 꽁치 과메기다. 꽁치 과메기의 시장 점유가 90% 이상인 것으로 업계는 파악하고 있다.

겨울 초입, 막회를 팔던 식당에 과메기가 합류할 무렵 호사가들 사이에서 벌어지는 논쟁, 즉 "과메기는 무엇인가?"에 관한 술자리의 유쾌한 말다툼은 뚜렷한 이유를 가지고 있는 셈이다. 과메기의 원형은 역사적 기원으로 따지면 청어, 현실적 대세의 관점으론 꽁치다. 청어·꽁치 논쟁이 생기는 게 무리도 아니다. 그러나 '청어 과메기'와 '꽁치 과메기'로 과메기를 구별하고 나면 '과메기 정체성 논쟁'은 무의미해진다. 게다가 최근 들어 청어 어획량이 늘어가면서 '청어 과메기'와 '꽁치 과메기' 사이의 선택 가능성은 계속 높아지고 있다. 취향에 맞는 과메기를 찾아 먹으면 그만이다.

청어와 꽁치, 어느 쪽이든 얕은 바다 위를 유영하는 등푸른 생선을 찬 겨울바람으로 서서히 그리고 반복적으로 얼녹인 과메기의 효능은 기막히다. 불포화지방산인 오메가3지방산이 고혈압, 심근경색, 동맥경화를 예방한다. 비타민 E는 세포 노화를 저지한다. 칼슘도 많고, 단백질도 풍부하다. 과메기를 먹을 때 물미역을 빼놓을 수 없는데, 이건 맛의 차원을 넘어선 영양상의 궁합이기도 하다. 미역의 주요 성분 중 하나인 알긴산이 과메기에 함유된 콜레스테롤을 몸 밖으로 빼 준다.

청어 과메기에서 꽁치 과메기로의 변신, 그리고 서서히 진행되고 있는 원조 청어 과메기의 부활……

안 그래도 드라마틱한 변화 속에서 살아온 과메기는 그해 겨울, 그러니까 2017년 겨울에 또 하나의 드라마를 맛보았다.

다시 포항 얘기다. 과메기 철을 앞둔 과메기의 최대 원산지 포항의 노력은, 그해 남달랐다. 포항시는 100억 원이 넘는 돈을 들여 구룡포읍에 과메기문화관을 만들고는 시범 운영까지 거친 뒤 겨울을 앞두고 정식 개관했다. 기온이 영하로 떨어지는 11월부터 2월까지 이어질 과메기 철의 시작을 전국적으로 알리려는 올해의 승부수였다. 그때를 즈음해 구룡포 여기저기서 민·관의 다양한 과메기 축제가 동시다발적으로 열리기 시작했다.

그러나 과메기 특수(特需)가 본격화되어야 할 11월 중순의 15일, 포항 전역에 규모 5.4의 지진이 일어났다. 과메기를 전문적으로 다루는 점포만 수십 개에 달하고, 겨울만 되면 200m를 넘게 줄지어 앉은 상인들이 과메기 껍질을 벗기는 죽도시장의 진풍경도 지진과 함께 중단됐다. 그러나 학생들의 수능마저 미룬 초유의 자연재해 앞에서도, 청어 과메기와 꽁치 과메기의 한겨울 분투는 지금도 계속되고 있는 중이다.

등푸른 생선의 대표 주자이면서 과메기의 원조 주인공인 청어 얘기로 돌아가 보자. 청어는 대서양, 태평양 가릴 것 없이 지구 북반구에 흔한 생선이다. 저 멀리, 북유럽 네덜란드의 청어 절임은 세계적인 음식이기도 하다. 17세기 네덜란드의 황금기 자체가 독점에 가까운 청어 조업으로 인해 가능했다. 네덜란드의 청어 절임을 생각하면서 우리 과메기에도 모종의 바람을 품게 된다.

동아시아의 끄트머리, 구룡포의 겨울과 해풍, 그리고 해류 변화에 따른 역사적 신산(辛酸)까지 품어 낸 과메기의 풍미가 네덜란드의 청어 절임에 뒤질 이유가 뭐 있을까. 난데없는 지진으로 어수선했던 과메기의 철을 떠올리며, 과메기가 써 나갈 새로운 드라마를 기대하는 이유다.

# 도다리쑥국은 실연도 잊게 한다

시인 백석이 "가난한 내가 아름다운 나타샤를 사랑해서 오늘밤은 푹푹 눈이 나린다"고 쓰고 있을 때 사랑한 사람은 '자야'였지만, 그 전에 첫사랑이 있었다. 그저 '란'이라고만 줄여 부르던 여성. 란은 멀리 남해안 출신의 처자였고, 이십대 중반의 시인은 첫사랑을 찾아 여러 차례 통영에 내려간다. 그런데 만나지는 못했다. 어느 한 날, 절망한 백석은 낮술을 먹고 통영 충렬사 계단에 앉아 시를 쓴다. 그게 '통영(統營) 2'다. 사람도, 사랑도 가고 이제는 그 시만 덩그러니, 충렬사 근처에 검정색 시비(詩碑)로 남았다. 첫 소절―.

구마산(舊馬山)의 선창에선 좋아하는 사람이 울며 나리는 배

에 올라서 오는 물길이 반날 / 갓 나는 고당은 갓갓기도 하다 /
바람 맛도 짭짤한 물맛도 짭짤한 / 전복에 해삼에 도미 가재미
의 생선이 좋고…….

전복에, 해삼에 도미 그리고 가자미(가재미)……. 백석이 실
연으로 상심한 와중에도 잊지 못했던 가자미류(類) 중에 문
치가자미가 있다. 우리 연안에서 가장 흔하게 잡히는 가자
미로, 함경도 특산인 가자미식해의 재료이기도 하다. 몸길이
대략 35㎝ 정도로, 다른 가자미들처럼 옆으로 납작하다. 두
눈은 몸의 오른쪽에 몰려 있는데, 눈이 있는 쪽은 진한 갈색
바탕에 반점들이 오롯하고 눈 없는 반대쪽은 온통 흰색이다.
그런데 잠깐, 눈들이 오른쪽에 있으면 도다리 아니던가.
'좌광우도'라고들 하니까. 눈이 왼쪽이면 광어(넙치), 오른쪽
이면 도다리. '좌광우도' 네 글자가 잘 외워지지 않을 땐 "'왼
쪽'이면 두 글자니까 광어, '오른쪽'이면 세 글자니까 도다리"
라고 외기도 하는……. 하지만 문치가자미는 엄밀한 학술적
구분으론 도다리와 다른 어종이다. 도다리는 몸집이 30㎝
정도로 문치가자미에 비해 작고 마름모꼴이다. 그렇긴 해도
사람들은 문치가자미를 그냥 도다리로 뭉뚱그린다. 하긴 가
자밋과 어류 전체를 넙치(광어)과 어류들과 구분해 몽땅 도

다리로 얼버무리기도 하지만.

 하여간 이 문치가자미, 크게 보아 도다리는 겨울, 그러니까 12월에서 2월 사이에 산란을 한다. 산란의 시절엔 바다 밑바닥에 조용히 웅크리고 있지만, 산란이 끝나면 축난 몸을 회복하기 위해 열심히 먹이를 찾아 헤맨다. 그때가 우수 지나고 경칩 지날 때쯤이다. 하늘에서 봄비가 내리고, 땅에서 개구리들 움찔할 때, 남해 연안 바닷물도 산란을 끝낸 도다리들로 인해 거대하게 꿈틀거리기 시작한다. 남해 바닷가에선 도다리가 '봄의 메신저'다.

 2월 지나 3월로 가면서 대량으로 잡히기 시작하는 '봄의 메신저'들을, 우리는 툭툭 두세 도막으로 썬다. 그리고 국을 끓인다. 많은 재료가 필요하지 않다. 무와 대파와 다시마로 육수를 내고, 거기에 손질해 토막 내놓은 도다리를 넣는다. 소금이나 간장으로 간을 하고, 매운 고추 정도를 곁들인다. 그리고 화룡점정(畵龍點睛)……. 도다리가 다 익은 듯하면 향 긋하고 부드러운 해쑥을 넣고 바로 불을 끈다. 다진 마늘은 안 넣는 편이 쑥 향을 제대로 즐기기에 좋다. 봄철의 별미 도다리쑥국의 완성이다.

서울에도 도다리쑥국 하는 식당이 몇 있지만, 이맘때면 제대로 된 봄을 맛보러 80년 전 사랑에 빠져 통영으로 달려간 시인 백석을 좇는 이들이 적지 않다. 제철을 즐기는 건 낭만적이고 매력적이고 맛있는 일이다. 따뜻한 바닷바람 담뿍 품은 도다리쑥국으로 길고 추웠던 겨울을 깨우는 건, 특히나 향기롭다.

그런데 매년 봄마다 한 그릇, 두 그릇 도다리쑥국을 비워내며 생각하는 게 하나 있다. 도다리쑥국의 주인공은 도다리일까, 쑥일까? 도다리쑥국이 봄철의 대표 별미가 된 것은 도다리 때문일까, 아니면 쑥 때문일까……. 그런 궁금증이다.
도다리쑥국은 과연 도다리국인가, 쑥국인가?

생선들은 단백질과 지방 함량이 높을 때 가장 맛있다. '가을 전어'를 얘기한다. 이유가 있다. 전어들은 4~5월에 집중적으로 알을 낳는다. 산란을 끝낸 후 어느 정도 시간이 지나야 살이 차오르는데, 전어의 경우 그게 가을이다. 많게는 지방의 함량이 다른 때에 비해 세 배까지 올라간다.
"노 팻, 노 테이스트(No fat, no taste)!"라고들 한다. 지방이 없으면, 맛도 없다. 가을이 돼 지방을 한껏 품은 전어를 구우면, 그 담백한 향기가 현란하기 이를 데 없다. 집 나갔던 며느리가 염치고 뭐고 다 팽개치고 슬그머니 돌아오는 건, 전어의 그 풍성한 기름 향에 정신이 혼미해서다. 물론 그것도 잠시다. 전어는 워낙 뼈가 많고, 10월 지나면 그 뼈들이 거세져 편히 먹지 못한다.

그런데 도다리쑥국의 도다리 자리를 꿰찬 문치가자미는 어떤가. 산란기가 12~2월이다. 살이 차오르기에 봄은 너무 이르다. 백과사전의 문치가자미 항목도 "여름에 특히 맛이 좋다"고 전한다. 경험적으로도, 또 상식적으로도 그게 맞는 얘기이다. 문치가자미 대신 '진짜 도다리'로 가면 별미 취급받는 '봄 도다리'에 조금 더 근접할 수 있긴 하다. 어류도감 상의 도다리는 문치가자미에 비해 산란이 몇 달 빠르고, 그래서 4월이 얼추 '제철'이 된다.

그러나 진짜 도다리가 됐든, 유사 도다리(문치가자미)가 됐든, 도다리는 가을 전어만큼 드라마틱한 맛의 변화를 보여주지 못한다. 계절에 따라 단백질과 지방 함량에서 큰 차이를 보이는 전어에 비해, 도다리들의 단백질·지방 구성은 봄·여름·가을·겨울 가리지 않고 엇비슷하다. 그러니 결론을 내릴 수밖에 없다. 도다리쑥국이 봄철 별미가 된 건 도다리 때문이 아니라, 쑥 때문이라고.

　도다리쑥국에 넣는 쑥을 해쑥이라 부른다. 언젠가 식당에서 도다리쑥국을 먹고 있는데, 주인아저씨가 도다리 얘기는 안 하고 해쑥 자랑만 늘어놓던 기억이 난다. "이게 남해에서 바닷바람 맞고 자란 해쑥이어서……." "해쑥 아니면 도다리 쑥국도 제맛 내기 어렵고……." 그 얘길 들으면서 바다(海)에서 자라서 해쑥인가보다 했다. 이제 막 포근해지는 바닷바람 맞고 자란 쑥이니, 그냥 내륙의 산야에서 자란 쑥에 비해 얼마나 더 짭짤하고 감칠맛이 날까? 그런 생각을 하며 도다리 쑥국을 연거푸 퍼먹었다.

　도다리쑥국에 들어가는 쑥이 바닷바람 맞고 자란 쑥인 건 맞다. 바람에서 봄기운이 느껴질 때면, 남해안의 아낙들은 일제히 큼직한 바구니나 비닐 하나씩 들고 한산·소매물·비진 도 등 통영 앞바다의 섬들을 부지런히 돌아다닌다. 볕 잘 드는 언덕에 여기저기 돋아나 있는 쑥들을 맘껏 캔다. 쑥대밭이라 하지 않나. 그냥 두면 엄청난 생존력으로 밭을 일거에 덮어 버리는 게 쑥이다. 봄날이면, 쑥이 그야말로 지천에 널린다.

그러나 바닷바람 맞았다고 해쑥이 아니다. 도다리쑥국에 들어가는 쑥의 생명은 여린 질감과 강한 향이다. 바다의 짠 내를 속으로 머금으며 만들어 낸 섬 기슭 쑥의 강한 향은 물론 해풍의 덕일 게다. 그러나 거친 바람을 오래 맞고 있으면 여린 질감은 사라진다. 뽐내는 일 없이 수줍은, 연초록의 야들야들한 질감은 바닷바람이 아니라, 어린 나이에 기인한다. 돋아난 지 얼마 안 되니 연하다.

해쑥은 그렇게 그 해에 막 나 여린 쑥을 가리키는 말이다. 햇감자, 햇과일, 햅쌀이라 할 때 접두사 '해'다. 이 여린 쑥이 5월을 넘기면 질겨지고, 씁쓸한 맛도 강해진다. '해쑥'이라 이름 붙일 만한 쑥은 3~4월, 그야말로 봄 한때의 쑥이다. 도다리쑥국이 봄철의 별미가 된 건 바로 해쑥의 짧은 채취 기간 때문이다. 그러니 봄철의 별미 도다리쑥국은 도다리국에 쑥을 넣었다기보다, 쑥국에 도다리를 넣은 것으로 봐 줘야 하지 않을까.

쑥의 효능을 알고 가자. 쑥은 곰을 아리따운 여성으로 둔갑시킬 만큼의 신약(神藥), 묘약(妙藥)이다. 물론 쑥만으론 된 건 아니고, 마늘과 간절한 마음이 함께 있어 가능했지만, 그렇다고 쑥의 중요성이 절하되진 않는다. 그럼, 신화의 웅녀(熊

女)를 탄생시킨 쑥의 강한 약성(藥性)은 어디에서 비롯할까.

쑥에는 시네올(cineole)이란 정유(精油) 성분이 있다. 유칼립투스란 식물이 가끔씩 엄청난 건강식품으로 각광을 받는데, 그 역시 유칼립투스 오일의 주요 성분인 시네올 때문이다. 강력한 살균력으로 인해 소염과 방부 작용에 탁월하다. 특히 호흡기 계통 질환에 효과가 크다. 한의(韓醫)에서 기침·천식·비염 환자들에게 쑥을 권하는 이유다.

시네올이 아니더라도 쑥에는 비타민과 미네랄이 풍부해, 칼륨과 함께 피를 맑게 해 준다. 또 탄닌 성분은 핏속의 과산화지질 생성을 억제해 세포의 노화를 늦추어 준다. 도다리쑥국에 들어가는 어린 쑥 얘기하는 마당에 딱히 어울리진 않지만, "7년 된 병을 3년 묵은 쑥 먹고 고친다"는 옛말도 있다. 여린 쑥이든, 묵은 쑥이든 모두 오염된 피를 정화시키는데 독보적이다.

도다리쑥국의 양대 축인 도다리의 효능을 빼놓고 갈 순 없겠다. 도다리는 바다 밑바닥에 살면서 새우, 조개, 게 종류를 닥치는 대로 먹어 치운다. 육식을 위주로 한 잡식이다 보니, 단백질의 질이 우수하고 지방 함량이 적다. 담백하고 개운한 만큼 간(肝)에 좋다. 비타민 A도 많고, 콜라겐도 풍부하다.

도다리와 쑥의 연합이 만들어 내는 힘은 이렇게 막강하다. "봄철에 도다리쑥국 세 번만 먹으면 한 해 건강을 걱정할 필요가 없다"는 게 남쪽 바닷가 마을 사람들의 자랑이다. 마침, 도다리쑥국의 본고장 통영의 거리엔 3월 하순~4월 초순에 걸쳐 벚꽃이 흐드러진다. 바닷가 마을에 두어 달 머물면서 벚꽃 피기 전에 한 번, 벚꽃 무성할 때 한 번, 벚꽃 진 후에 또 한 번, 그렇게 세 번만 도다리쑥국을 먹으면 한 해가 내내 무탈할 텐데……. 늘 생각만 하고 만다.

# 멸치들은 때로 은빛 용(龍)이 된다

4월 하순이면 마지막 봄비 곡우(穀雨) 내린다. 겨우내 언 땅을 녹였던 우수(雨水)의 비 내리고 나서 딱 두 달이다. 나무엔 물 차오르고, 참나무의 새 잎들은 연두색으로 산을 물들인다. 농부들이 씨 뿌리는 사이, 서해의 어부들은 조기잡이로 북적거린다. 경칩·우수를 지나며 잠자는 개구리를 들쑤셔 깨웠던 대지의 소란은 전조였다. 마지막 봄비를 기다리면서, 우리 산하는 소리 없이, 땅 속 깊이 들썩인다. 도처에서 보기 드문 장관이 펼쳐진다.

그 장관의 절정.

부산 기장 앞바다에 출몰하는 은빛 용(龍) —.

그야말로 4월의 진경(眞景)이다. 꾸물거리던 날 잠시 개이고 봄 햇살 비출 때, 부산 앞바다에는 정말로 거대한 용이 모습을 드러낸다. 고깃배들 지나다니는 수면 바로 아래로 출현한 용은 꿈틀거리는 대신 찬찬히, 그리고 유연하게 해안을 훑어간다. 방향을 틀 때마다 은빛 비늘이 펄럭인다. 거대한 용의 비늘은 도대체 몇 개일까? 수천, 수만, 수억?

용을 좇는 어부들의 눈에 생기가 돈다. 별처럼 반짝이는 은빛 비늘 하나하나는 제각각 생물이다. 기장에서 멀지 않은 바다에 겨우내 머물면서 양질의 플랑크톤으로 살을 찌운 뒤 산란을 위해, 용의 몸으로 연안을 치고 들어온 대멸(大鱴)의 무리……. 타고난 칼슘·단백질의 몸체에 지방질까지 잔뜩 머금어 건강하기 이를 데 없는 봄멸치들이다.

4월, 부산 앞바다의 장관은 바로, 산란을 위해 회유하는 멸치들이다. 은빛 멸치의 거대한 무리가 힘차고도 가벼운 움직임으로 만들어 낸 은빛 용은 그러나, 사투 끝에 거친 부산 사내들의 그물에 걸려들고 만다. 기장의 대변항(港)으로 잡혀 온, 사람 손바닥 크기의 대형 멸치들은 어판장 또는 식당에서 손 빠른 아낙들에 의해 순식간에 해체된다. 배를 갈라 뼈와 내장을 발라내고, 머리를 떼어 낸 뒤 소쿠리에 담아 비늘을 제거한다. 한때, 바다의 수면 아래로 눈부셨던 은빛 용의 비늘들은, 봄날 최후의 진기한 횟감이 된다.

상서로운 은빛 용의 웅혼한 자태와 이 계절 아니면 맛볼 수 없는 생멸치의 싱싱한 맛을 누구라고 독점할까. 부산 기장은 '먹거리 축제'가 유행하기 훨씬 이전부터 축제의 공간이었다. 매년 4월 하순 곡우 무렵이면 부산 기장군 대변항 일대가 '멸치 축제'의 장으로 변했다. '대변 멸치 축제'란 이름으로 전국 미식가들을 처음 불러 모은 게 지난 1997년. 벌써 20년을 훌쩍 넘긴, 먹거리 축제계의 큰형님이다. 대변항을 통해 잡아들이는 멸치가 전국 멸치 어획고의 60%다. 기장의 '멸치 종주권' 주장에 이의를 제기할 사람은 없다.

기장의 멸치 축제를 찾게 되면, 밤낮으로 항구 일대를 휘감는 '빛'에 속수무책으로 넋을 잃는다. 밤하늘과 밤바다에 하얀 벚꽃을 방불케 하는 빛의 파편들을 터뜨리고, 흩뜨리는 해상 불꽃쇼가 열린다. 그런데 멸치 축제에 왜 빛인가?

누가 기획하든 빛을 떠올릴 수밖에 없다. 해안을 유유히 선회하는 은빛 용의 비늘로, 황금빛 봄 햇살을 연신 반사해 대며 바다를 휘젓고 다니던 멸치들이다. 그 멸치를 표현하는 데 빛을 빼놓아서 되겠는가. 그러나 사람이 만든 빛 따위로,

봄바다를 물들이던 은백색 멸치의 그 맑은 등을 제대로 표현할 수 있겠는가.

그러나 '빛'의 문제로 오래 고심할 필요는 없다. 축제가 열리는 대변항 포구 곳곳에선 "메루치 들어오네예!"란 고함을 신호로 '멸치 털기'가 시작되는데, 그야말로 빛의 향연이다. 해안을 유유히 항해하던 용의 모습과는 또 다른 두 번째 장관이다.


멸치 털기는 예닐곱 명의 어부들이 그물 끝을 탁탁 잡아채며, 그물에 걸려 있는 멸치를 후리는 작업이다. 그물코에 빼곡하게 박혀 있던 멸치들은 어부들의 숙련된 장단과 리드미컬한 몸짓에 맞춰 공중으로 튕겨 나간다. 그 순간 그물 위로 현란한 색채의 향연이 펼쳐진다. 자신의 껍질을 떨구어 내는 한 마리 용의 경련 같은 것⋯⋯.

은빛 용도, 은빛 멸치도 그렇게 황홀경에 빠진 사람들의 뭇시선 속에서 장렬한 최후를 맞는다.

그물에서 떨궈진 멸치들은 손질을 거쳐 횟감이 될 채비를 한다. 근처 식당에 가면 어디서도, 어느 계절에도 맛보지 못한 식감의 멸치회가, 무침의 형태로 미식가들을 기다리고 있다. 미나리와 쑥갓 그리고 양파·쪽파와 고추를, 뼈를 발라내고도 큼지막한 멸칫살에 붓는다. 그리고 그것들 모두를 고추장과 식초로 버무린다.

혀에서 녹는다는 표현을 쓰는데, 멸치회야말로 혀에서 살살 녹는다. 새콤달콤한 양념 사이로 잠깐 동안 느껴지던 멸칫살의 육질은, 입안에서 스르르 녹고 만다. 혀 깊은 곳까지 파고든다. 이어 무쳐 놓은 야채를 씹게 되는데, 그때 미각을 휘어잡는 담백하고 비릿한 바다 향은 먹는 이의 정신을 아찔하게 한다.

멸치회의 맛에 정신이 아득해지기 전, 놓치지 말아야 할 장면이 하나 더 있다. 비늘을 벗겨 낸 지 얼마 안 돼 발그스름하게 맑은 멸칫살과 싱싱한 초록 야채, 그리고 새빨간 초고추장이 합세해 뿜어내는 강렬한 색. 바다 위에선 용의 웅혼함으로, 포구에선 그물 위로 펄떡이는 생명력으로 은빛 장관을 펼치던 멸치는, 번잡한 포구 식당의 좁은 테이블 위에서 세 번째 장관을 보여 주고 말없이 사라진다.

보기 드문 맛이라곤 하나, 살 올라 귀한 봄 멸치를 회로만 먹을 리야……. 포구 식당에 들어가 '봄멸 3종 세트'를 시키면 '멸치회+멸치찌개+멸치구이(튀김)'의 상차림이 등장해 입맛을 호사시킨다. 다시마와 함께 국물만 내고 버리기 일쑤인

멸치가 찌개의 주재료로 떡 하니 자리 잡고 선사하는 풍미는
자못 감동적이다.

멸치는 조기강, 청어목에 속하는 물고기로, 바다 생태계
먹이사슬의 최말단에 존재한다. 생선이긴 해도 생선이라 부
르려면 어색하다. 국물 내는 데 쓰거나, 꽈리고추·마늘 등과
볶아 밑반찬으로 먹고, 그것도 아니면 젓갈의 재료 정도로
이용하니 온전한 생선의 지위를 주기도 무엇하다.

무엇보다 정말 작다. 회로 먹는 멸치를 '대멸'이라 했는데,
'수산물 검사법' 기준으로 7.7㎝만 넘으면 대멸이다. 7.6~4.6
㎝ 길이 멸치를 '중멸', 4.5~3.1㎝ 멸치를 '소멸'로 구분하고,
1.5㎝ 이하를 따로 '세멸'로 칭한다. 작고 가늘어서 씹는 데
부담이 없고 그래서, 주먹밥 만들 때도 쓰고 하는 '지리멸'
이, 바로 수산물 검사법 기준으로 세멸이다.

이리 작은 몸집이지만, 바다에 사는 2만여 종의 물고기
중 가장 많은 식구를 거느리고 산다. 지구상의 물고기 가운
데 개체 수가 가장 많단 얘기다. 생태계의 피라미드형 구조
를 떠올릴 때 당연한 얘기 아니냐, 물을 수도 있지만, 세상에
당연한 일은 없다. 자신이 먹을 수 있는 건 동물성 플랑크톤

뿐, 하루 종일 다른 물고기들에게 쫓기고 먹혀야 하는 운명 속에서 거대 종족을 꾸리는 건 눈물겨운 일이다. 남모르는 분투와 능력 없이는 불가능하다.

봄만 되면, 부산 앞바다에서 은빛 용을 쫓는 어부들은 한 조각, 한 조각 빛나는 용의 비늘, 그러니까 손바닥만 한 대멸들의 역동적이고 스피디한 움직임에 감탄하고 만다. 작지만 기민한 운동 능력에 다산, 빠른 부화 그리고 조기 성숙까지 가세해 대규모의 생존이 가능해진다. 용의 모습으로 바다를 휘젓고 다니는 군집의 능력 역시 천적들을 질리게 하는 생존의 기술이다.

군집을 이룬 멸치들의 움직임은 때로 너무나 광폭해 공포 스럽게 느껴지기도 했던 모양이다. 옛 책을 들추니 '장람(瘴嵐)'이 변해 멸치가 생겨났다는 말이 등장한다. 장람, 무서운 말이다. 독기를 품어 어두침침, 으슥해진 산과 바다의 기운을 장람이라 한다. 그렇게 음습한 기운이 변해 만들어진 게 멸치들이라니……. 거대한 멸치 떼가 자신들이 탄 배를 덮칠 것 같아, 생명의 위협을 느낀 어부들이라도 있었던 걸까?

멸치의 '멸'이란 말 또한 썩 기분 좋진 않다. 그냥 멸치과의 생선을 뜻하는 멸(鱴)을 쓰기도 하지만, 업신여긴다는 뜻의 멸(蔑), 금방 죽는다는 뜻의 멸(滅)도 쓴다. 먹이사슬의 최말단에 있다고 업신여기거나, 그물에서 후리는 순간 한번 펄떡이다 생명을 잃는다고 '금방 죽는 고기'란 이름을 선사하는 건 그래도 좀 무엇하다.

그러거나 말거나 멸치는 굳세게 제 갈 길을 간다. 제주 사람들이 멸치를 두고 행어(行魚)라 부르는 건, 쉬지 않고 얕은 바다를 돌아다니며 자신의 은빛 삶을 즐기는 멸치의 부지런함을 높이 샀기 때문일 게다.

몸집 작은, 그러나 타의 추종을 불허하는 그들의 활력이야말로, 멸치에 듬뿍 담긴 영양의 근원이리라. 단백질과 칼슘 그리고 풍부한 무기질 덕에 멸치는 발육기 어린이, 성장기 청소년, 임산부 모두에게 필수식품으로 꼽힌다. 100g 기준으로 47.4g의 단백질, 1905mg의 칼슘을 함유한다. 생멸치 말고 마른 멸치 기준이다. 부산 앞바다에 놀러가 회로 먹는 봄 대멸 속의 풍부한 지방은 계절이 남겨 주는 덤이다.

멸치와는 별 관계없는 얘기이긴 한데, 멸치 축제가 열리는 대변항은 장동건·유오성 주연의 조폭·우정 소재 영화 〈친구〉

의 촬영지다. 장동건이 쏟아지는 비와 칼을 동시에 맞으며 "고마해라, 마이 묵었다 아이가……" 읊조리며 쓸쓸히 죽어가던 바로 그 영화. 2001년, 천만에 육박하는 관객을 부른 영화를 기억하는 중년이라면 멸치회와 소주 한 잔에 젊은 시절 추억까지 더해져 잊을 수 없는 멸치축제가 되겠다.

# 둘째 아이의 별명이 '앤초비'다

멸치 얘기 하나 보태야겠다.

언젠가 식탁에 앉아 어머니가 주신 완도산 멸치를, 한가하게 다듬다가 깊은 상념에 빠져들었다. 식탁에 다소곳이 앉은 채, 내 상상은 우리 가족의 단출한 거처와 남해 바다 사이를 쉼 없이 오갔다. 그날, 식탁 위에 멸치의 머리와 내장이 막 쌓이기 시작하면서 내 생각의 실타래가 술술 풀렸다. 그때 생각을 떠올려 본다.

멸치와 우리 가족의 인연은 깊다. 둘째 아이의 초등학교 때 닉네임이 앤초비(Anchovy)일 정도다. 아이는 자신이 앤초비가 될 줄 몰랐다. 아이가 2학년 때, 어느 명절이었던 걸로 기억한다. TV를 보던 아이가 물었다.

"아빠, 나 학교에서 쓸 영어 이름 지어 가야 하는데."

"그래? 마티(Marty)로 해."

"오, 그러네."

아이가 당연한 듯 수긍한 이유가 있다. 그때 TV에서는 명절의 단골 영화 〈백 투 더 퓨처(Back to the Future)〉 시리즈가 방영 중이었다. 주인공 마이클 제이 폭스가 영화 속에서 쓰던 이름이 '마티'다. 그러나 연휴가 끝난 뒤 마티란 이름을 들고 학교에 간 아이는 앤초비가 돼 돌아왔다.

"친구들이 마아~티라고 몇 번 하다가 멸치라 그러는 거야. 애들이 멸치, 멸치 하니까 선생님이 그냥 앤초비로 하라 그러셨어."

그렇게 탄생한 앤초비는 책에도 등장한다. 7개월에 걸쳐 아침마다 조그마한 산을 넘어가며 앤초비의 등굣길에 동행한 적이 있는데, 그때 나눈 얘기를 『초딩도 안다 당신도 알 수 있다』란 책으로 엮었다. 나와 앤초비의 대화가 중심을 이루고, 가끔씩 큰애 새먼(salmon·연어)과 아내 블루피시(bluefish·푸른 빛깔 물고기)도 등장하는 인문교양서다. 나는 철갑상어알을 뜻하는 캐비아(caviar)였고…….

중요한 건 책이 아니라 둘째가 앤초비가 되면서 자연스럽게 갖게 된, 멸치에 대한 관심이다. 멸치에 대해 알아 갈수록 나는 이 조그마한 어류의 명민하고 다부진 캐릭터에 반해 갔다.

그중 하나가 '행어(行魚)'란 이름의 연원이다. 앞서 얘기했지만 제주 사람들이 멸치를 그렇게 불렀다. 요즘에는 이런저런 구조물들이 있어 쉽지 않겠지만 옛날 제주도 남서쪽 끝 모슬포 연안에서는 멸치들이 떼로 왔다 갔다 하다가 가끔씩 육지까지 확 뛰어오를 정도였다고 한다. '진격(進擊)의 멸치'라고나 할까. 그렇게 진격하듯 역동적으로 바다를 헤매고 다녀서 다닐 행(行) 자를 쓰는 행어가 됐다. 나는 내가 게을러지고 안주하려 할 때마다 멸치들의 남다른 부지런함과 분투에 대해 생각하며 스스로를 다잡는다.

멸치는 몸집이 작은 만큼 바다 속 어류의 먹이사슬에서 최말단에 속하는데, 숫자로는 추종을 불허하는 대가족을 이룬다. 그게 그냥 될 리 없다. 자기보다 몸집 큰 어류들에게 먹히지 않으려니 남들보다 빨리 성숙해 운동능력을 길렀다. 환경 적응력도 뛰어났다. 버릴 것 하나 없이, 회로도 먹고, 말려서도 먹고, 국으로, 젓갈로도 먹으니 사람 입장에서 보면 자기희생의 캐릭터를 떠올릴 수 있겠지만, 그 얘긴 안 하는 게 좋겠다.

결론적으로 나는, 아직 어린 앤초비가 멸치처럼 부지런하고, 역동적이면서, 어떤 환경에도 잘 적응하는 사람으로 자랐으면 한다. 늘 군집을 이루는 멸치처럼 다른 이들과 더불어서 행복한 사람이었으면 좋겠단 생각도······.

나의 상상이 이렇게 집과 책과 제주 바다를 오가는 사이, 멸치의 머리와 내장이 이미 수북하게 쌓였고, 나는 깔끔하게 다듬어진 멸치를 고추장과 함께 접시에 담아 저녁 식탁에 내었다.

4부

설국에서 온 쌀

# '봄나물의 제왕'을 만나러 갔다

그게 3년 전이었던가, 4년 전이었던가. 계절에 취해 있는 걸 좋아하던 시절이었다. 꽃 피고, 비 내리고, 바람 불고, 눈 내리는 풍경을 보는 게 그리 즐겁던 시절.

아직 봄이었다. 4월로 접어들기 무섭게 경기도 용문으로 가는 열차표를 끊었다. 이미 며칠 전, 시내 대형 마트에서 플라스틱 포장 속에 얌전한 두릅을 목격했다. 쌉쌀한 맛과 독특한 향, 그리고 아삭한 식감으로 '봄나물의 제왕' 호칭을 얻은 두릅. 옛 문헌이 전하는 명성까지 확인해 보고 싶었다. 한국민족문화대백과사전의 '두릅나무' 항목은 '해동죽지(海東竹枝)'란 20세기 초 문헌을 인용하며 이렇게 전한다.

— 용문산의 두릅이 특히 맛있다.

젊은 시절, 양평 지나 용문역에 우연히 내렸다가 그 바로 앞, 어지럽게 선 장(場)에서 쇳내 알싸한 취나물을 듬뿍 사 왔던 기억도 났다. 4월 초의 일요일 아침, 청량리역으로 달려 간 건 그렇게, 옛 책의 구절과 추억 속의 봄나물이 합세해 뿜 어 올린 한 줄기 향 때문이었다.

안동행 무궁화호 1603호 열차에 올랐다. 열차의 종점인 안동까지야 여러 시간이지만 용문까지는 고작해야 40분 남 짓이다. 덕소와 양평만 지나면, 저 멀리로 후덕한 용문산을 펼치고 있는 용문역이다.

열차에 오르자마자 두릅으로 만든 요리가 떠오르고 만다. 두릅을 활용한 레시피는 다양하다. 전을 부치고, 장아찌를 만들고, 된장찌개에도 넣지만, 숙회와 튀김이 그중 윗길이다. 요리의 본질은 좋은 재료의 선택에 있다는 사실을 실감하게 하는 두릅 숙회다. 나무의 줄기에 붙어 있었을 두릅 밑동의 붉은 껍질을 벗겨 내고, 소금 넣은 끓는 물에 잠시 데친 뒤 찬물에 헹구면 끝이다. 그걸 초고추장에 툭 찍어 먹으면, 쌉 쌀하고 아리면서도 달콤한 봄의 향이 입안으로 차오른다.

연한 밀가루 반죽에 슬쩍 적셨다가 뜨거운 기름 속에서

완성하는 두릅 튀김은, 튀김 중 예외적으로 느끼함에서 자유롭다. 얇은 튀김옷을 관통해 두릅을 깨무는 순간, 두릅의 향과 즙이 퍼지며 혀를 자극하니 느끼할 틈이 없다.

그런데 숙회도 튀김도 두릅의 전통적 요리법은 아닌가 보다. 열차 창밖으로 여전한 아파트들의 풍경이 무미건조해 스크랩해 두었던 자료를 몇 장 넘기는데, 100년 전 두릅 레시피 하나가 눈에 들어온다.

"생두릅을 물러지지 않게 잠깐 삶아 약에 감초 쓰듯 어슷하게 썰어 놓고 소금과 깨를 뿌리고 기름을 흥건하도록 쳐서 주무르면 풋나물 중에 극상등이요……."

얼마나 맛있길래 '극상등(極上等)'씩이나. 이해가 안 가는 건 아니다. '흥건한 기름' 사이를 홀연히 뚫고 나와, 지나친 고소함에 막 질리려는 우리의 입맛을 쌈쌀하게 훑어 주는 두릅의 맛과 향……. 눈 질끈 감고 그 맛을 상상하는데, 열차의 안내방송이 덕소를 알린다.

다시 덕소를 벗어나고 5분쯤 지났을까? 차창 밖으로 산과 강이다. 저기 저 산들이, 싱싱한 두릅 자라고 있을 용문까지 이어지는 거겠지. 두릅은 매년 4~5월, 두릅나무의 가지 끝으로 삐죽 솟아오르는 봄 새순이다. 나무 끝에 마알간 초록으로 맺히는 새순을 톡 꺾어, 데쳐 먹고, 튀겨 먹고, 국에도 넣어 먹는다. 두릅을 이르는 한자어를 보면 겨우내 비축한 에너지로 새순을 밀어 올리고 있는 두릅나무의 모습이 금방 떠오른다.

한자로 목두채(木頭菜) 또는 목말채(木末菜)다. 감각적인 작명이다. 나무(木)의 가장 높은 곳(頭)에, 나무의 가장 끄트머리(末)에 맺히는 나물(菜)이라니. 차디찬 겨울을 침묵으로 견뎌 내며 뿌리에 저장하고 있던 영양분을, 봄 들어 아주 천천히 끌어올린 뒤 자신의 지엽말단을 통해 분출하는 나무의 생명력을 상상하는 것은 즐겁고도 숭고하다. 이게 '참두릅'이다.

그런데 시장에 나가 보면 '땅두릅'이라고 써 놓은 두릅도 많다. 어느 쪽이 좋다거나 맛나다고, 비교하고 차별할 건 아니다. 참두릅은 참두릅대로, 땅두릅은 땅두릅대로 저마다의 향과 맛을 발한다.

땅두릅은 두릅나무과의 여러해살이풀에서 뜯어내는 새순이다. 나무가 아니라 풀이니, 땅을 파헤치고 순을 뜯게 되고 그래서 땅두릅이다. 땅두릅이란 이름으로 우리가 먹는 새순 외에, 뿌리도 귀한 약재로 쓰인다. 근육통·마비·두통·중풍에 좋다.

남다른 약성(藥性)을 반영하듯, 땅두릅을 새순으로 내미는 풀의 이름은 독활(獨活)이다. 다른 풀들이 바람을 못 이겨 축축 늘어질 때에도, 이 풀만은 홀로(獨) 쌩쌩하다(活). 그렇게 건강한 몸체가 봄기운을 담아 밀어내는 땅두릅의 활력 또한 미루어 짐작할 만하다.

참두릅, 땅두릅에 또 하나의 두릅 '개두릅'이 가세한다. 이건 음나무의 새순이다. 두릅나무과에 속하지만, 두릅나무보다 크다. 새순의 이름을 좇아, 음나무를 그냥 개두릅나무로 부르기도 한다.

어떤 두릅이든 새순이고, 봄나물이다. 그런데 두릅의 맛이 얼마나 매력적이었는지 옛사람들은 늦가을이면 두릅나무 가지를 꺾어 방 안 화분에 두고 정성스레 물을 줬다. 그럼 계절을 헷갈린 두릅이 한겨울에 새순을 내놓고 만다. 겨울철에도 그렇게 두릅을 즐겼다. 산에서 가지를 잘라다가(또는 중국산 묘목을 들여다가) 하우스에서 길러 낸 요즘 두릅을 떠올리며 하는 말이다. 옛날 온돌방에서 어렵사리 키워 먹던 겨울 두릅 생각하며 너그럽게 먹어 주잔 얘기다.

참두릅, 땅두릅, 개두릅의 이미지를 찬찬히 떠올리고 있는데, 안내방송이 양평을 알린다. 용문까지 10분도 안 남았다. 용문역 앞 장터로 내려온 용문산 두릅나무의 새순을 볼 시간도 얼마 남지 않았다. 두릅을 호위하고 있을 다른 봄나물들도 함께 만나겠지.

# '봄나물의 제왕'을 만나지 못했다

봄이 되면 사람들은 왜 봄나물을 찾을까? 사람들이 특정 음식을 찾는 이유는 생각보다 단순하다. 흔하니까 찾는다. 안 보이면 찾을 일도 없고 먹을 일도 없다. 두릅을 비롯한 봄나물도 마찬가지다. 하지만 봄나물은 그 이상이다.

봄날에 찾아오는 대사의 저하가 춘곤(春困)이다. 몸의 생리 기능이 원활치 못한 상황이다. 우리 몸은 그때, 흔히 말하는 5대 영양소 중 비타민과 무기질을 급구한다. 봄나물은 예외 없이 비타민과 무기질의 보고(寶庫)다. 봄에 봄나물을 먹는 건 흔해서이기도 하지만, 낮·밤, 주중·주말을 안 가리고 달려드는 춘곤을 퇴치하기에 적당하기 때문이다.

봄나물의 왕인 두릅이야 말할 나위 없다. 비타민 A와 비타민 C가 노근한 몸에 원기를 돋워 주고, 칼륨과 인·칼슘이 심신을 안정시킨다. 거기에 덤이랄까. 두릅은 봄나물로는 이례적으로 단백질 함량이 높다. 두릅 100g이면 3.7g 정도의 단백질을 함유한다.

그러나 그 정도론 '봄나물의 제왕'이란 별칭을 얻지 못한다.

두릅은 비타민과 무기질, 그리고 단백질 뒤로 비장의 무기를 숨기고 있다. 바로 사포닌(saponin)이다.

사포닌은 인삼과 홍삼의 주요 성분이다. 그렇다고 인삼과 홍삼에만 들어 있는 건 아니다. 가깝게는 마늘, 양파, 콩, 파, 미나리로부터 멀게는 칡, 영지버섯까지 다양한 식물들이 사포닌을 함유한다. 두릅도 사포닌을 빼놓곤 얘기할 수 없다.

사포닌의 어원을 거슬러 올라가면 '비누(soap)'에 해당하는 그리스어가 나타난다. 비누는 물에 닿으면 거품을 내, 몸에 붙은 때를 씻어 내 준다. 사포닌이 우리 몸속에서 실제로 하는 일도 비누와 비슷하다. 혈액 속에 과다한 콜레스테롤이나 지방 성분을 흡착해서 몸 밖으로 내보낸다. 사포닌의 면역 효과야 인삼·홍삼의 효능을 통해 반복적으로 알려지고 있으니, 더 강조할 필요는 없겠다.

안내방송이 안동행 1603호 열차의 용문 도착을 알린다.

청량리를 출발한 지 40분 만이다.


역 앞을 갖가지 나물로 채우고 있을 장터의 장관을 기대하며 용문역 계단을 내려섰다. 계단 아래에는 용문산 아래로 자리 잡은 천년 고찰 용문사 부근의 식당 차량들이 호객에 한창이다. 절까지 데려다줄 테니 용문사와 용문사 은행나무를 구경하고, 그 뒤에나 자기네 식당에 들러 달란 것이다. 기사 한 분에게 슬쩍 물어봤다.

"혹시 두릅나물도 해요?"

"두릅? 있나, 글쎄……."

불안한 마음으로 차량을 헤치고 나갔다. 역전 우측으로 장이 초라하게 열려 있고, 초입에 몇몇 상인들이 나물을 펼쳐 놓았다. 꼼꼼히 쳐다보는데, 두릅은 없다. 개중 구색을 갖춰 봄나물을 늘어놓은 중년의 사내에게 물었다.

"두릅은 없어요?"

"지금 구해 달라면 따다 줄 순 있는데 비싸. 한 관에 18만 원은 줘야 해."

자연산 참두릅을 얘기하나 보다.

"지금이 철 아니에요?"

"용문산 쪽은 4월 중순은 넘어가야 제대로지. 지금 두릅 나는 데는 아래 지방들이고……. 4월 중순 가면 한 관에 6만 ~7만 원이면 살 수 있어. 명함 줄 테니 그때 가서 연락해요."

― 용문산의 두릅이 특히 맛있다.

'해동죽지'의 한 줄 평에 이끌려 무턱 대고 찾아온 용문산 의 두릅나무엔 아직 새순이 돋지 않았다. 하우스에서 재배한 두릅이야 시장에 가면, 어디든 널렸다. 용문까지 찾아온 것 은 물론 자연산 두릅의 향이라도 맡을 수 있을까 해서였다. 옛 문헌에 나오는 용문산 두릅의 명성도 확인하고 싶었고.

발길을 돌렸다. 청량리로 돌아가 멀지 않은 경동시장이라 도 들러야겠다고 생각했다. 그곳엔 남쪽지방 여러 곳에서 봄 향기를 이끌고 올라온 두릅들이 풍성할 것이다. 두릅뿐이겠 는가. 쑥, 은달래, 씀바귀, 민들레, 곰취, 방풍, 보리순, 비름, 냉이, 달래, 삼채까지 봄을 한껏 머금은 나물들이 즐비할 것 이다. 그들, 봄의 민초(民草)들이 몰고 온 계절의 향이 천지에 가득한데, 굳이 봄나물의 제왕만을 생각하겠는가.

# 초여름 매실은
# 한겨울 설중매가 보낸 선물이다

광양, 하동, 장흥, 고흥, 해남⋯⋯. 해마다 5월이면 매실 예약을 서두르라는 남도발(發) 메시지들이 바쁘게 올라온다. 그리고 조만간, 풋풋한 청매실과 화사한 황매실이 남도의 마을들을 플랫폼 삼아 전국 각지로 퍼져 나간다. 그런데 이 정도 입가심 같은 소식을 전하면서 "벌써 혀에 신맛 돌지 않으세요?" 물으면 "실없기는⋯⋯" 핀잔들 하실라나.

핀잔할 일 아니다.

2000년 전 삼국지 시대의 짧은 에피소드다. 조조가 남쪽으로 군사를 이끌어 가는데, 그때가 여름이었나 보다. 군사들이 목이 말라 죽을 지경이다. 전쟁은 고사하고 전장까지 행군도 못하게 생겼다. 그때 조조가 외쳤다. "언덕 하나만 넘으면 매실 숲이다. 거기서 매실을 따 먹으며 모두 쉬도록 하라!" 매실을 떠올리자마자 군사들의 입에는 침이 돌았다. 갈증을 해소할 수 있었고, 언덕을 가뿐하게 넘을 수 있었고, 매실을 따 먹은 뒤엔 행군의 피로까지 단박에 풀었다. 전투에서도 당연히 이겼겠지만, 어느 전투인지는 모르겠다. 『삼국지』가 아니라 5세기 중국의 콩트 모음집 『세설신어』에 등장하는 간략한 일화라서.

매실의 강한 산미(酸味)는, 그렇게 떠올리는 것만으로 침을 돌게 한다. 맛보지 않아도 신, 산미의 절대 강자 매실. 조조 이전과 이후, 매실의 신맛에 차이가 있을 리 없다. 올해 예약을 알리는 광고에 붙은 매실 사진만을 보고 입맛 얘기한다고, 과장을 나무라진 않으셨으면……. 그보다, 심각한 갈증과 피로를 한 번에 없애 주는 매실의 톡 쏘는 맛과 향은 어디서 오는 걸까?

해답을 알기 위해 우리는 매화 얘기부터 해야 한다. 5월의 매실을 논하기 전에 지난겨울의 매화를 떠올린다. 맑고 찬 달이 구름 사이에서 가까스로 빛을 내던 날, 흐린 하늘 가득 채우며 내리던 눈. 새하얀 달의 파편들이 어지럽게 매화를 향해 달려들면 어디가 꽃이고 어디가 눈인가. 설중매(雪中梅)의 진경이다.

설중매 一.

차고 맑은 세 글자는 매화의 처연함과 고고함을 동시에 표현한다. 흩뿌리는 겨울 눈 속에서 꽃송이들을 기어이 터뜨리는 매화에 사람들은 반하고 또 반했다. 산중의 다른 나무들에 비해 크지 않은 몸, 이미 시들어 죽은 듯 마르고 꺾인 줄기에서 하얗고(백매) 빨갛게(홍매) 솟아오른 매화는 꽃이라기보다 탄식이었다.

난초·국화·대나무와 함께 사군자(四君子)로 엮이고, 소나무·대나무와 함께 세한삼우(歲寒三友)로 엮이는 것은 매화의 한(恨)과 사무침 때문이다. 따뜻한 여름에 화려한 꽃들 토해내는 나무들과는 다르다. 사군자의 고고와 세한삼우의 처연을 몸 깊숙이 아로새긴 채, 매화는 찬 겨울을 온몸으로 견뎌낸다.

여린 꽃잎 안으로 은밀하게 숨긴 그 지독함이야말로 많은 사람들의 정신을 아득하게 한 매화 향의 근원이다. 겉으로 드러내고 유혹하는 여름 꽃들의 향기와 달리 은은히 퍼지는 매화의 향에 많은 이들이 감동했다. 사람을 감싸는 듯하더니 이내 뼛속까지 스며들고 마는 매화 향에 마음 설렌 이는 조선의 실학자 홍만선이었다(『산림경제』). 눈 내리는 광야에서 홀로 아득한 매화 향에 거칠고 막연한 미래를 위탁한 이는 시인 이육사였다(「광야」).

암향(暗香), 눈에 보이지 않는 향기야말로 매향(梅香)의 다른 이름이다. 찬 공기를 타고 그윽하게 소리 없이 퍼지는 꽃의 향기. 사람들은 영하의 세월 속에서도 절대 떨지 않는 매화를 보며 "혹한의 추위에 얼어 죽을지라도 향기는 결코 팔지 않을 것"이라고 했다.

독종이라 해야 할까. 가녀린 몸 하나로 엄동설한을 뚫고 나가는 매화의 그 지독함. 그게 어디로 사라지겠는가. 계절을 넘기고도 그 지독함은 여전히 남아, 초여름의 나뭇가지 끝에 강렬한 맛과 향으로 또롱또롱 맺힌다. 그게 저 멀리 남도에서 초여름마다 우리들의 호출을 기다리는 매실들이다. 꽃 진 뒤 한참을 매달리고도 여태 설익은 초록 매실은 그러니까, 지난겨울 내내 처연하고 고고했던 설중매의 후신(後身)이며 화신(化身)이다.

매실은 설중매의 화신이기도 하지만 구연산의 화신이기도 하다. 더운 남쪽 지방을 찾은 조조의 군사들이 매실 숲을 지나자마자 원기를 회복했던 건 바로, 매실에 풍부한 구연산 덕이었다. 매실 특유의 톡 쏘는 향과 맛 역시, 어쩌면 혹한 속 설중매의 잔향(殘香) 때문이라기보다 구연산 때문인지 모르겠다. 아주 가끔이지만, 옛이야기에 담긴 시적 상상보다 건조한 화학이 진실에 더 근접할 때도 있고…….

어떤 과일이든 신맛을 낸다 싶으면 그건 대개 과일 속에 담긴 구연산 때문이다. 레몬, 오렌지, 감귤 모두 그렇다. 새콤달콤한 청량음료의 라벨에서도 '구연산' 석 자는 예외 없다. 매실 역시 구연산의 강자(強者)다. 구연산의 화학을 알면, 수천 년 동안 시들지 않는 매실의 인기 이유도 알 수 있다.

우리는 삶에 필요한 에너지를 얻기 위해 먹는다. 식사를 통해 당을 섭취한 뒤 그걸 포도당으로 바꿔 에너지원으로 활용한다. 그런데 그 과정에서 젖산이 나온다. 젖산은 우리 몸을 이루고 있는 단백질과 결합하면서 세포를 굳게 한다. 그게 노화다. 에너지를 얻는 바로 그 순간 우리는 늙는다. 사는 건, 매번 늙는 거다.

그런데 구연산이, 그러니까 매실이 젖산 생성을 억제한다.

불가피하게 만들어진 젖산도 분해해 몸 밖으로 내보낸다. 운동을 심하게 할 때 근육에 피로를 느끼게 하는 것도 젖산이다. 구연산, 아니 매실은 노화와 피로를 동시에 잡는다. 수천 년을 이어 온 매실의 인기는, 아무래도 계속될 것 같다.

매실은 세 가지 독(毒)을 없애 준다고도 한다. 음식물의 독, 피 속의 독, 물의 독 그렇게 셋이다. '삼독 제거' 효능을 들어 매실이 식중독·배탈에도 효과적이란 얘기들을 하지만, '식품'의 보조적 효능 정도로 이해해야 함은 물론이다. 어쨌든 '화학'의 맥락에선, 피크린산(酸) 성분의 항균 작용으로 매실의 해독 능력을 설명한다.


약간의 가공을 거쳐 약으로 쓰이는 건 사실이다. 매실은 오래된 한약재다. 자연 상태의 청매·황매 외에 매실을 부르는 이름으로 오매가 있다. 까마귀 오(烏)를 써서 오매다. 검정 매실을 뜻한다. 청매의 껍질을 얇게 벗기고 짚불의 연기에 그슬린 후 말리면 오매다. 기침과 갈증, 속을 다스려 주고 간에도 좋다고 동의보감이 전하는 전통의 명약이다.

오매 말고 금매·백매도 있다. 청매를 쪄서 말리면 금매, 소금물에 절여 말리면 백매다. 백매의 경우 소금물에 열흘쯤 담가 두었다가 건져 내 말리는데, 그럼 표면으로 가루가 하

얇게 올라온다. 오매에 비할 건 아니지만 백매도 속을 다스리는 약재로 쓴다. 약효를 떠나 꽃(매화)도, 열매(매실)도 가히 색의 향연을 펼친다.

약(藥)과 독(毒) 사이는 멀지 않다. 매실의 싱싱함과 풋풋함은 매실이 품고 있는 '독' 때문에 가능하다. 해충들이 건들 엄두를 못 내니 그리도 건강하게 열매를 보존한다. 그런데 매실의 독이 벌레와 사람을 구분해 가며 작용할 리 없다. 벌레한테 안 좋으면, 사람한테도 안 좋다. 매실에는 '아미그달린'이란 성분이 있는데, 이게 청산(靑酸)으로 분해되면서 독이 된다. 벌레 아닌 사람도 청매실을 날로, 마구 집어 먹으면 안 되는 이유다. 물론 열매가 충분히 익으면 아미그달린 성분도 줄어들지만, 유통·보관의 편의를 위해 우리가 주로 쓰는 게 청매실이니 주의해야 한다.

다행히 매실을 날로 먹는 경우는 드물다. 매실청이 가장 일반적인 레시피다. 매실과 설탕을 반반 섞어 충분히 숙성시킨 뒤 매실에서 빠져나온 엑기스, 그러니까 진액을 먹는다. 그리고 이때 아미그달린 성분을 날리기 위해 숙성 기간을 대부분 100일 정도로 잡는다. 독성을 날리기 위한 민간요법인 셈이다.

그런데, 아무리 생각해 봐도 어릴 적, 어머니의 매실청 숙성 기간은 지나치게 짧았다. 100일은 고사하고 3~4주도 안됐던 기억이다. 궁금해서 직접 물어봤다. 매실에 독성분 있는 거 모르셨느냐고…… . 미심쩍어 하는 아들의 우문(愚問)에 대한 어머니의 답은 현명하고도 간결한 매실청 레시피였다.

"독성분이 주로 씨에 몰려 있다더라. 그래서 숙성시키기 전에 씨를 아예 뺐지. 꼭지를 따고 매실을 소금물에 담가 두었다가 꺼내서 칼등 같은 걸로 두드리면 쉽게 갈라져. 그럼 씨를 빼고, 설탕과 일 대 일로 재 두는 거지. 나중에 진액 빼고 남은 매실 열매는 씨도 없으니까 그대로 고추장에 버무려 놓았다가 장아찌로 먹는 거고."

새콤하고 달콤한 매실청은 여름 내내 피로와 갈증을 풀어 주는 주스의 원액이었고, 숙성 후에도 아삭아삭한 매실장아찌는 계절을 타지 않는 밑반찬이었다. 그 밖에 매실식초·매실잼·매실정과·매실차까지, 매실의 쓰임새는 천변만화하는 매화·매실의 색깔만큼이나 다양하다. 일본 요리에 감초로 등장하는 일본식 장아찌 우메보시(梅干し) 또한 빼놓을 수 없겠고…… . 아, 매실주를 깜빡했다. 사실 레시피랄 것도 없다.

매실 1kg 기준으로 소주 3~4ℓ를 들이붓고 밀봉해 두면 끝이다. 설탕은 취향에 따라 넣어도 좋고 안 넣어도 좋다.

　매화와 술이 함께 등장하는 이야기 중에 '매화음(梅花飮)' 에피소드가 있다. 조선의 화가 김홍도의 술 인연에 얽힌 얘기다. 누군가 김홍도에게 매화나무를 팔러 왔는데, 돈이 없어 사지를 못했다. 속상하던 차에 누군가 그림을 그려 달라 해서 그려 줬더니 3000냥을 사례한다. 김홍도는 당장에 2000냥으로 매화나무를 사고, 나머지 돈으론 술을 사 친구들과 밤새 마셨다. 뜰에 막 옮겨 심은 매화 향에 취해 김홍도 무리가 마셨을 술 역시, 황금빛으로 숙성된 매실주 아니었겠나.

# 설국(雪国)에서 온 쌀을 먹었다

　요즘 일본 작가 가와바타 야스나리의 『설국(雪国)』에 흠뻑 빠져 있는 중이다. 국경의 긴 터널을 빠져나오자 눈의 고장이었다, 밤의 밑바닥이 하얘졌다…….

　온갖 것을 추상화시키는 공간에서 여주인공 고마코는 흐트러진 듯 정갈한 매력을 뿜고, 소녀 요코는 순수를 빛낸다. 남자 주인공 시마무라는 잘 모르겠다. 어쨌든 그렇게 하얀 눈의 고장에서 벌어진 사랑 얘기에 새벽부터 몰두해 있는데, 뭉그적거리지 말고 빨리 아침 먹으란다. 식탁에 앉았다.

　"어, 밥이 좀 이상하다."

　"뭐가?"

　"뭐랄까, 밥알이 작아진 거 같고……."

"그냥 먹어."

"어, 그냥 먹지. 그래도 뭔가 다르잖아."

다르면 확인하면 된다. 김치냉장고에 넣어 둔 쌀을 포장째 꺼냈다. 살펴보니 '품종'이 나온다. 쌀에도 품종이 있었구나. 추청(秋晴)이라 씌어 있다. 예쁜 이름이다. 가을의 맑음이라니. 봄에 맛보는 '가을맑음쌀'은 나름의 풍미를 가졌다. 하지만 여전히 뭔가 다르다.

이유가 궁금했다.

궁금하면 확인한다. 식사 후 『설국』을 마저 읽다가 집 근처 농협으로 달려갔다. 쌀 매장으로 가니 휴일이어서인지 오전부터 판촉이 요란하다. 경기도 여주산(産) 쌀을 쌓아 두고 한창 선전 중인 아저씨 옆을 기웃거리다 물었다.

"이게 무슨 쌀이에요?"

"고시히카리예요."

"고시히카리?"

"다른 쌀보다 찰지고 맛있어요. 좀 길쭉하고, 초밥에도 쓰이는……. 대세라고 보심 되죠."

고시히카리가 뭔지 모르지만, 아저씨는 여주산 고시히카리를 판촉하러 나왔기 때문에 그가 구사하는 '대세'란 용어를 믿으면 안 된다는 건 알았다. 하지만 그것 때문에 지식 습득의 기회를 잃어선 안 된다는 것도 나는 알았다. 마침 옆에 집에서 본 추청이 있다.

"여기 추청이란 쌀은요?"

"아, 그건 아키바레라고 옛날에 일반미를 대표하던 쌀이에요."

"일반미는 뭔데요?"

아저씨는 내가 쌀을 사고 싶어서가 아니라 쌀에 대해 묻고 싶어 그 자리에 있다는 걸 알아챘다. 나의 수상한 접근이 개운치 않은 표정이었지만, 그렇다고 설명을 끊진 않았다.

아저씨에 따르면 옛날에 통일벼를 도정한 정부미란 게 있었는데 맛이 별로 없었고, 그래서 일본서 들여온 아키바레(한국말로 옮기면 추청)가 그 자리를 메웠다. 정부미와 비교해 일반미인 거다. 고시히카리는 그 후에 인기를 얻은 품종이다.

그런데 고시히카리는 무슨 뜻일까. 아저씨는 이미 다른 손님과 얘기를 시작했다. 나는 쌀을 살 생각이 없는 고객으로 이미 판명된 상태여서, 충분한 설명을 들을 수 없었다. 아쉬웠다.

아쉬우면 직접 찾아본다. 집에 돌아와 고시히카리를 검색했다. 아마도 일본에서 들여온 품종이겠지. 고시(コシ)는 옛날 일본에 존재하던 나라 이름, 히카리(ヒカリ)는 빛이다. 그러니까 고시히카리는 고시의 빛이다. 쌀알이 얼마나 투명하게 빛났으면……. 나는 감동했다. 그런데, 일본의 어느 지역에서 그렇게 빛나는 쌀이 나는 걸까.

지도를 펼치는 순간, 감동은 두 배가 됐다. 내가 방금까지 읽고 있던 『설국』, 그 소설의 배경인 일본 중부 서해안의 니가타가 바로 그 옛날의 고시와 겹치는 게 아닌가.

나는 소파 위에서 조용히 빛을 내고 있는 『설국』에 잠시 눈을 맞춘 후, 집을 나와 다시 농협 매장으로 향했다.
설국에서 날아온 그 빛나는 쌀을 먹고 말 거야.

# 밀이 단단했다면 국수도 없다

　꼭 설국으로부터 날아온 쌀이 아니어도, 갓 도정한 쌀이면 대개 맛나다. 아무리 좋은 품종의 쌀도 도정하고 오래 지나면 마르기 마련이다. 눈에 보일 정도는 아니지만 산화도 진행된다. 신선도가 떨어질 수밖에 없다. 그래서 쌀을 사러 마트에 가면 어떻게든 이제 막 도정한 쌀을 사기 위해, 쌓아 둔 쌀 포대를 뒤적이곤 한다.

　그런데, 그런데 말이다. 밀은 왜 쌀처럼 밥으로 지어 먹지 않을까. 보리도, 수수도, 율무도, 조도 쌀과 함께 넣어 밥을 지어 먹는데, 밀은 왜 그렇게 먹지 않을까. 그러니까 요약하자면 이런 의문이다.

　밀은 왜 맨날 밀가루인 걸까?

도정은 곡물을 찧거나 쓿는 걸 말한다. 아, 무언가를 '쓿는' 건 예를 들어, 쌀·조·수수 같은 곡식의 껍질을 벗겨 내 깔끔하게 손질하는 걸 가리킨다. 그러니까 쌀을 도정한다는 건, 쌀의 겉껍질을 벗겨 내, 그 안의 알곡을 취하는 일이다. 쌀은 겉껍질을 벗겨 내고 나면 그 안에 단단한 알곡이 남으니까, 도정이 가능하다. 최소한의 도정을 거쳐 현미로 먹든, 좀 더 벗겨 내 9분도나 7분도, 5분도로 먹든 알곡을 그대로 찌거나 삶는 방식으로 먹을 수 있다.

그런데 밀은 다르다. 쌀에 비해 겉껍질이 여러 겹으로 치밀하게 붙어 있다. 그렇다고 껍질을 못 벗겨 내는 건 아니다. 효율성을 포기하면 또 할 수 있는 일이 많으니까. 그렇게 어렵게라도 밀의 껍질을 벗겨 냈다 치자. 그럼 온전한 밀의 알곡을 얻어 낼 수 있을까.

그게 안 된다. 밀은 쌀에 비해 훨씬 여리다. 쌀처럼 껍질을 벗겨 내려고 하다 보면, 그 안에 있는 알곡이 부서지고 만다. 쌀처럼 알곡 그대로를 취할 수가 없는 거다. 그러니까 그냥 부숴 버리는 거다. 어차피 여려서 부서지니까, 아예 작정하고 잘게 부순다.

도정 대신 제분을 택하는 거다.

알곡으로 먹는 대신 가루로 만들어 조리하게 된 시절이다.

그렇게 밀가루는 분식(粉食)의 대표적인 재료가 됐다. '분(粉)'이란 한자어는 '가루'를 뜻하니까, 쌀가루도 될 수 있고, 밀가루도 될 수 있고, 미숫가루도 될 수 있다. 하지만 밀가루가 워낙 '가루'의 대표주자이다 보니, 분식 하면 다들 밀가루 음식을 뜻하는 걸로 알 정도다.

도정이 불가능하단 건 어찌 보면 밀의 약점이다. 쌀처럼 알맹이를 먹을 수 없으니까. 갓 지어 모락모락 김 나는 밥을 한번 생각해 보라. 쌀 한 톨, 한 톨의 육질이랄까. 부드러우면서도 쫀득한 그 맛은, 쌀과 밥이 흔해서 그렇지, 흔치 않은 미식(美食)에 속한다. 그러나 밀은 늘 가루다. 쌀이 자랑하는 식감을 맛볼 수 없다.

그러나 늘 반전이 있다. 약점이 강점이 되는 게 이 세상의 매력이다. 역설과 반전이 없으면, 이 세상은 너무 재미없어서, 폭삭 가라앉을지도 모른다. 밀가루 얘기하면서 너무 나갔다. 하여튼 밀가루는 알맹이로 존재할 수 없는 자신의 약점을 엄청난 강점으로 전환시켜, 인류와 문명에 거대한 선물을 안겼다.

밀은 그렇게, 가루로만 우리에게 주어진다. 사람들은 자신들에게 주어진 밀가루에 물을 붓고 마구 주물렀다. 반죽을 한 거다. 밀가루에는 글루텐(gluten)이 풍부하다. 글루텐은 단백질의 일종인데, 글루텐이 많을수록 반죽을 한 후에 점착성이 높다. 끈적끈적한 덩어리가 얻어진다. 강력분·중력분·박력분의 차이도 글루텐 때문이다.

자, 글루텐을 다량 함유한 밀가루에 약간의 물을 넣어 반죽을 했다. 그렇게 준비한 밀가루 반죽으로 사람들은 뭘 만들어 냈을까.

바로 국수다.

밀가루 반죽을 밀대로 넓게 편 뒤 말아서 잘라 내면 칼국수다. 밀가루 반죽을 가늘어질 때까지 반복적으로 치대면서 늘어뜨리면 짜장면으로 많이 먹는 수타면이다. 자르고 늘리는 방식 외에, 작은 구멍이 뚫린 기계에 밀가루 반죽을 압착하고 통과시켜, 얇은 면을 뽑아내는 경우도 있다. 꼭 밀을 쓰는 건 아니지만, 냉면이나 메밀국수가 그런 식으로 만들어진다.

밀가루로 만든 이 세상의 무수한 면(麵)들을 볼 때마다, 나는 대견한 마음부터 가지게 된다. 산산이 부서질 수밖에 없는 운명, 그 잘게 부서진 현실에 좌절하지 않고, 엄청나게 다양한 종류의 국수 메뉴를 인류에게 선사한 밀을 볼 때마다 나는 눈물이 난다.

　꼭 그래서는 아니지만, 시기를 불문하고 일주일에 서너 번은 국수를 먹어 주는 게 나의 일상이다.

# 만두는 서리가 피워 낸 꽃이다

국수 말고, 밀가루 반죽이 탄생시킨 또 하나의 중요한 음식이 있다.

바로 만두다.

만두 하면 대개 우리나라와 중국·일본 정도를 떠올리지만 그렇지 않다. 만두 역시 국수만큼 세계적인 음식이다. 밀가루 반죽을 이용해 얇게 만든 피(皮)로 고기와 채소를 감싸면 만두다. 다양한 방식의 응용이 가능한 데다 간편하기까지 한 영양식이다. 고유의 만두 하나쯤 갖고 있지 않은 민족이 없다.

그런데 개인적으로 만두를 떠올릴 때마다 생각나는 아름답고도 야한 이야기가 하나 있다.

학창 시절, 제목만 배우는 고려 속요 중에 '쌍화점(雙花店)'이 있다. 만두가게를 배경으로 사랑과 연애를 스케치한 노래인데, 교과서엔 그 내용을 잘 안 싣는다. 풋풋한 사랑이 아니라, 에로틱하고 야릇한 사랑이어서 그랬을 게다. 그런데 왜 하필 만두가게였을까. 사랑만큼, 무언가를 먹는 행위도 에로틱하다. 손대면 터질 듯 얇은 피 아래로, 육즙과 소 가득 머금은 만두를 먹는 건 더 말할 나위 없고…….

이럴 게 아니라 '쌍화점' 1절을 직접 감상해 보는 게 낫겠다. 몇 줄 되지도 않는다.

만두집에 만두 사러 갔더니, 회회(回回) 아비가 내 손목을 쥐더이다. 이 소문이 가게 밖에 나고 들면, 조그마한 어린 광대 네 말인가 하리라. 더러둥셩 다리러디러……. 그 잠자리에 나도 자러 가리라. 그 잔 데 같이 거친 곳 없더라.

'회회 아비'는 아라비아나 페르시아의 상인을 말한다고들 한다. 흔히 서역이라 부르던 곳이다. 우리와는 다른 인종이다. 어쩌다 동아시아의 끝 고려까지 와서 만두가게를 열었는지 모르지만, 그 가게에 한 여인이 찾아갔다. 손을 잡으며 서로를 희롱하다 같이 잠자리에 들고……. "그 잔 데 같이 거친

곳 없더라"는 사실 묘사라기보다는 거침없고 노골적인 상황을 은유하는 것으로 보인다.

그런데 왜 만두가게를 '쌍화점'이라 부르는지 내내 궁금했다.

늦가을에서 초봄 사이, 이슬점이 0℃ 아래로 내려가면 흰 서리가 포슬포슬 내린다. 새벽녘 뜰에 나가 땅과 풀 위로 밤새 내려앉은 서리를 긁어모으고, 그걸로 꽃 한 송이를 만든다 치자. 그 소담한 모습. 그 꽃을 보며 폭신폭신, 먹음직스럽게 생긴 만두 하나를 떠올린다면 정신 나갔다 할까.

각박한 21세기에는 정신 나간 일인지 모르겠다. 하지만 천 년 전엔 그렇게들 상상했다. 서리 상(霜), 꽃 화(花) 그래서 상화─. 고려 때, 만두를 그렇게 불렀다. 서리로 쌓아 올린 꽃, 상화. 그게 천 년 전 만두의 이름이었다. '霜'이란 한자에는 '흰 가루'란 뜻도 있으니 허황된 상상이 아니었다. '쌍화'는 '상화'의 다른 표기이고……

그러니까 만두는 차고 흰 서리로 피워 올린 한 송이 꽃이다. 이렇게 아름다운 작명을 본 적이 있나 싶다.

# 제갈량이
# 만두를 만들었을 리는 없다

만두 얘기 하나 더.

만두를 소개할 때 감초로 등장하는 에피소드가 하나 있는데, 그 발상이 너무 마음에 안 들고 이치에도 닿지 않아 얘기를 안 하고 넘어갈 수가 없다.

만두의 기원에 관한 중국 사람들의 설명에 대한 불만이다. 상화 또는 쌍화가 전하는 순결하고 에로틱한 유래와 달리, 그들의 설명은 뭐랄까, 참 개운찮고 가당찮다. 개운치 않은 이유부터 살펴보자.

우리나라의 음식 관련 책들 열이면 아홉이 가져다 쓰는 만두의 유래이기도 한데, 만두맛을 싹 달아나게 한다. 나관중의 소설『삼국지』, 즉『삼국지통속연의』가 전하는 내용이 이런 식이다.

제갈량이 남쪽 오랑캐, 그러니까 남만(南蠻)을 정벌하고 돌아오는 길에 큰 강을 만났다. 풍랑이 극심했던 모양이다. 밤을 새가며 고민 중인 제갈량에게 부하들이 현지인들의 풍속 하나를 귀띔한다.

"사람 머리 마흔아홉 개를 잘라 강을 지키는 신에게 제사를 지내야 합니다. 그럼 풍랑을 잠재울 수 있습니다."

"사람을 어찌 그리 쉽게 대하겠는가?"

제갈량은 참수 대신 요리를 주문한다. 꼭 사람 머리여야 하는가? 사람의 머리 모양이면 되는 것 아닌가? 제갈량의 지시에 따라, 부하들은 만인(蠻人)의 머리 모양새와 흡사한, 마흔아홉 개의 요리를 만들었다. 그게 만두(蠻頭)였다. 후에 오랑캐를 뜻하는 만(蠻)을, 음식을 뜻하는 만(饅)으로 고쳐 만두(饅頭)가 됐다는 설(說)이다. 찝찝하기 이를 데 없다. 만두 씹으면서, 잘려진 사람 머리를 떠올려야 한다니…….

그러나 개운치 않더라도 그게 사실이라면 눈 딱 감고 참아줄 수도 있는 일이다. 그러나 만두의 기원을 1800년 전 삼국지의 시대까지 끌어올린 이 '소설'은 여러 군데서 삐걱거린다. 간략하게 재구성한 제갈량의 만두 에피소드는, 고작해야 11

세기 북송(北宋)의 시대에 만들어진 이야기의 재탕으로 보아
지기 때문이다.

　제갈량의 만두 에피소드는, 당시 고승(高丞)이란 학자가 집
필한 백과사전 『사물기원(事物紀原)』에 처음 등장한다. 나관
중이 삼국지 정사를 토대로 소설을 쓴 게 14세기였다. 그러
니까 소설 『삼국지』에 등장하는 제갈량 에피소드는 1800년
전 실제 역사의 한 삽화가 아니라, 11세기에 만들어진 픽션
스타일 용어 풀이집의 소설적 재활용으로 봐야 한다.
　그러나 제갈량을 등장시킨 만두의 유래가 가당찮은 것은
문헌학적 차원을 넘어선다.

　만두는 국수와 마찬가지로 밀가루를 이용해 만든 음식이
다. 밀가루 반죽을 얇게 펴고 밀어 동글납작하게 떼어 낸 뒤
에, 고기와 채소를 잘게 썰어 미리 준비한 소를, 그걸로 감싸
면 된다. 소로는 소고기와 돼지고기를 주로 쓰지만 두부를
으깨기도 한다. 채소로는 숙주나 부추, 미나리를 쓴다. 그걸
장국에 넣고 끓이면 만둣국, 그냥 쪄서 국물 없이 먹으면 찐
만두다. 삶아 먹을 수도 있고, 튀겨 먹을 수도 있다.
　그런데 생각해 볼 게 있다. 쌀은 고온다습한 기후에서 자

라고, 밀은 그에 비해 상대적으로 차고 건조한 기후에서 자란다. 중국에 국한하자면 남부 지역에서는 쌀이, 북부에선 밀이 대세일 수밖에 없다. 베트남 쌀국수와 안남미를 얘기하지 않는가. 쌀이 중국 남부의 곡물이라면, 밀은 중국 북부의 곡물이다.

국수와 더불어, 점성 강한 밀이 존재해야 만들어지는 만두의 원류는 상식적으로 양쯔 이북일 수밖에 없다. 남쪽 오랑캐의 풍속에 착안해 중국의 남쪽에서 만들어진 음식이 만두라는 '제갈량 만두 제조 지시설'은, 후대의 백과사전 『사물기원』이 저자거리에서 뒤늦게 채집한 이야기일 뿐이다.

제갈량이 정벌한 남만의 한 지역을 지금의 미얀마 정도로 보는 지리학적 고증이 있기도 한 모양인데, 그건 아무래도 좋다. 미얀마건 베트남이건 상하이건 홍콩이건 중국 남부에서 만두가 탄생했다는 설명은 문명사적으로 이치에 맞지 않는다. 국수와 더불어, 점성 강한 밀이 존재해야 만들어지는 만두의 원류는 상식적으로 양쯔 이북일 수밖에 없다.

매년 설만 되면 참 다양한 사람들이 여기저기서 "그런데 만두를 만든 사람이 바로 삼국지에서 최고의 전략가로 나오는 제갈공명이란 사실을 아세요?"라고 말하며 잘난 체를 하는데, 이제 안 그랬으면 좋겠다.

사실 제갈량이 만들었는지 안 만들었는지, 중국 남부의 일인지 북부의 일인지 중요하지도 않다. 만두는 그야말로 세계인의 음식이기 때문이다. '만두'란 이름에 사로잡혀서 그렇지, 이름에서 자유로워지면 지구 곳곳에서 허다한 만두표 요리들을 발견할 수 있다.

그러기 위해선 만두에 관한 개념 정의부터 필요하다.

곱고 흰 거죽 속으로 예상치 못한 조합과 맛을 고이 감추고 있는, 이 보석 같은 음식을 뭐라 정의할까. 만두를 빚는다는 건 어쩌면 이런 일일 수도 있겠다 생각한다.

— 얇게 편 탄수화물로 세상의 온갖 단백질과 지방과 무기질과 섬유질과 비타민을 감싸 안는…….

'만두'의 개념을 이렇게 확장하고 나면 세계 도처에 퍼진 다양한 형태의 만두들이 비로소 제 모습을 드러낸다. 폴란드의 피에로기, 인도의 사모사, 터키의 만티, 그리고 이탈리아의 라비올리까지.

폴란드의 피에로기는 밀가루 반죽을 얇고 동그랗게 떼어내 빚는 방식이나 반달의 모양이, 우리가 흔히 교자라 부르고 프라이팬에 기름을 둘러 구워 먹는 만두와 흡사하다. 그러나 속을 까 보면 많이 다르다. 으깬 감자와 치즈가 들어간다. 그리고 우리가 김치를 잘게 썰어 소로 이용하는 것과 비슷하게 보면 될까, 자우어크라우트가 들어간다. 독일 사람들이 족발 요리인 슈바인학센에 곁들여 먹는, 시큼하게 발효시킨 그 양배추……. 피에로기 위에는 잘게 썰어 볶은 양파를 얹어 풍미를 높인다.

인도의 사모사에도 으깨거나 다진 감자가 들어간다. 대개 세모꼴로 만들어 튀겨 먹는데 야채와 함께 넣은 카레가 기름과 섞이면서 알싸한 맛을 낸다. 레드 칠리를 넣어 맵게 할 수도 있다. 양고기, 생선, 닭고기 등 다양한 재료를 소로 사용한다. 파키스탄, 방글라데시, 스리랑카까지 남아시아 어디를 가도 흔히 보이는 간식거리다.

터키의 만티는 이름도 그렇지만, 우리나라나 중국의 만두와 별 차이가 없다. 찌거나 삶거나 튀기는 조리법도 비슷하다. 주로 양고기를 소로 활용하고, 향신료까지 들어가니 맛은 우리 만두와 차이가 있다. 위에다가 요거트를 끼얹어 먹는다.

라비올리는 우리 식으론 만두지만, 이탈리아 사람들에겐 파스타다. 속을 채워 납작하게 빚어낸 파스타인 셈이다. 가장 흔하게는 시금치와 리코타 치즈를 섞어 속을 채운다. 토마토 소스를 뿌려 먹기도 한다.

이게 끝이 아니다. 스페인에는 엠파나다가 있고, 스웨덴에는 피테팔트, 이스라엘에는 크레플라흐가 있다. 우리가 월남 쌈이라 부르는 베트남의 고이 꾸온도 만두의 범주에 넣지 못할 이유가 없다. 얇게 편 탄수화물(라이스 페이퍼)로 고기와 야채에 담긴 단백질과 무기질과 섬유질을 먹음직스럽게 감싸고 있지 않나. 다 만두다.

그만 하자. 홍콩에 가면 시내 어디에서나 맛볼 수 있는 '미니 만두' 딤섬만 해도 2000종이라 한다. 찾으면 더 있지만, 그 많은 세상 만두를 돌아다니며 다 먹을 것도 아니다. 그보다 중요한 건, 만두처럼 넉넉한 마음으로 사람들과 세상을 품는 일이다. 얇게 편 탄수화물로 세상의 온갖 단백질과 지방과 무기질과 섬유질과 비타민을 감싸 안는 만두처럼, 우리들도 힘들고 아픈 세상을 따뜻하게 안아 주며 살았으면 한다.

5부

시간의 술, 불의 술

# 술에는 시간이 담겨 있다

그 종류가 다양하다 한들 이 세상의 술은 두 가지다. 양조주(발효주)와 증류주, 그렇게 둘이다.

먼저 양조주 얘기부터.

사람의 도움 없이 자연에서도 스스로 만들어지는 술이 양조주다. 발효만 제대로 되면 되는 거니까. 세 가지 재료가 필요하다.

물과 당분과 효모—.

당분이 발효되면 알코올이 되는데, 발효를 위해선 효모라는 미생물이 필수다. 물은 발효의 과정에서 만들어지기도 하고, 주입하기도 한다. 당분의 재료가 곡류라면 막걸리나 청

주·맥주, 과일이면 와인이 된다. 그러나 당분이 알코올로 변하는 화학적 반응은 순식간에 이뤄지지 않는다. 모든 술은 서서히 만들어진다. 시간이야말로 술의 마지막, 그러나 가장 중요한 재료다.

술이 시간을 잊게 하는 건, 이 세상 모든 술에 잠재한 시간 때문이다.

그러나 양조주는 도수에 한계를 갖는다. 도수를 따지면 14~15도 정도가 최고다. 도수가 높아지면 효모가 활동을 못한다. 이때, 증류가 등장한다. 아라비아의 연금술사들이 고안한 방법이다. 독한 술 만들어 먹자고 창안하진 않았을 것이다.

액체를 끓여 만들어 낸 기체를 다시 액체로 모아 내는 게 증류다. 모든 술은 물과 알코올의 혼합이다. 이걸 끓인다고 치자. 물은 섭씨 100도에서 끓지만, 알코올은 78도만 되면 끓는다. 물에서 빠져나온 알코올 기체는, 찬 무언가에 부딪칠 때 방울방울 맺힌다. 이걸 모으면 순도 높은 알코올이다. 막걸리나 청주를 끓이면 소주, 맥주를 끓이면 위스키, 와인을 끓이면 브랜디가 나온다. 고량주, 보드카도 같은 식이다.

자연에서 얻어지는 약한 술(양조주)에 열을 가해 고농도의 알코올, 즉 증류주를 얻는다.

양조주가 '시간의 술'이라면, 증류주는 '불의 술'이다.

여기서 잠깐, '불의 술'의 대표주자인 위스키에 대한 보충 설명.

위스키는 보리나 감자·옥수수 그러니까 곡류를 발효해 얻은 술을 증류해 만든다. 증류 과정을 거친다 해도 위스키엔 곡물의 향과 맛이 남는다. 그런데 이런 과정만으로 우리가 스트레이트 또는 온더락(on the rocks)으로 즐기는 발렌타인, 시바스리갈, 커티삭, 조니워커, 제이앤비 등의 위스키가 만들어지진 않는다. 숙성의 과정에서 제3의 재료가 개입한다. 오크(oak), 즉 참나무로 만든 통에서 우러나온 향과 색이 없으면 빛나는 갈색의 위스키는 없다. 위스키는 그러니까 물·당분·효모·시간·불에 오크라는 또 하나의 재료가 가세하면서 만들어진다.

현란한 조합과 깊은 숙성의 이 술을 어떻게 즐길 것인가. 전통적인 스트레이트와 온더락 외에 다양한 칵테일이 가능하지만, 개인적으로 잊지 못하는 위스키의 추억이 있다. 지인이 알려 준 방법이다. 주전자에 물을 펄펄 끓인다. 위스키를 적당량 채운 글라스에 이 물을 쏟아붓는다. 데운 청주와는 또 다른 매력이 있다. 은은한 위스키의 향과 맛을 뜨끈하게 즐기다 보면 한기가 달아난다.

술 마시는 사람 입장에서 볼 때, 양조주와 증류주는 각각의 장점을 갖는다.

양조주는 도수가 강하지 않으니 마시기에 부담이 없다. 더운 여름날 뙤약볕에서 일하다 나무 그늘에 앉아 벌컥벌컥, 막걸리 마시는 모습을 상상해 보라. 아니면 테라스가 있는 카페에서 시원한 생맥주 한 잔을 시켜 역시 벌컥벌컥 마시는 모습.

증류주는 강한 향도 향이지만, 정제와 나름의 숙성을 통해 얻은 색감이 보는 것만으로도 즐거움을 준다. 오크통에서 우러났을 위스키의 진한 갈색 빛, 절대 순수의 상징이라 할 보드카의 투명함. 그리고 무엇보다 숙취가 없다. 위스키건, 코냑이건, 고량주건 순수한 증류주를 마셔 본 사람들은 안다. 상당히 들이켰다고 생각되는데도 어쩐 일인지 다음 날이면 머릿속이 개운하단 것을.

그 모두를 포함해 '술'이란 존재에서 가장 인상적인 건, 어쨌든 나에겐 그 속에 깊이 담긴 '시간'이다. 쌀과 보리와 과일을 신비한 음료로 변신시키는 그 시간이라는 것. 서둘기만 하다가 별 건지는 것도 없이 일을 끝낼 때가 많은 나 같은 이에게, 술 속에 담긴 긴 시간은 은밀하게 귀엣말을 던진다.

아무리 어려운 일이 있어도 그저 천천히 시간을 견뎌 내.

그럼 반드시 변화가 찾아올 거야.

# '처음'도 '이슬'도 실은 가짜였다

술 얘기 나온 김에 소주 이야기는 하고 넘어가야겠다.

나는 소주를 보면 항상 가게에서 파는 '바나나 맛 우유'가 생각난다. 라벨을 한번 잘 보라. '바나나'가 아니라, '바나나 맛'이다. 왜 바나나 우유라 하지 않고, 바나나 '맛' 우유라고 했을까?

바나나가 들어 있지 않아서 그렇다.

들었다 해도 '바나나 우유'를 표방하기에는 너무 극소량이다.

그럼 바나나 맛 우유는 무엇으로 이뤄져 있을까?

일단 원유(原乳)가 들어간다. 바나나 맛은 향으로 내면 그만이다. 바나나가 안 들어가도 된다. 맛이란 게 원래 그렇다. 사람들은 맛을 혀로 느낀다고 생각하지만, 실제로는 코로 느끼는 비중이 더 크다. 그래서 바나나 맛 우유에는 바나나향이 들어간다. 풍미를 높이기 위해 바닐라향도 들어간다. 물론 진짜 향은 아니고 모두 합성착향료의 향이다.

바나나의 단맛은 액상과당과 백설탕과 구연산나트륨 등이 섞여서 만들어 낸다.

거기에 더해 바나나의 노란색이 필요하다. 이 색깔도 바나나를 재료로 만들지 않는다. 식품업계에서 노란색을 내기 위해 쓰는 색소는 대개 치자황색소다. 치자의 열매에서 추출한 노란색 착색제.

그럼 정말 바나나는 하나도 안 들어가나?


요즘 시판되는 바나나 맛 우유의 용기를 보면 바나나 농축과즙이 성분으로 포함돼 있긴 하다. 그래 봐야 1% 안팎에 불과하다. 구색일 뿐이다. 바나나를 넣었다고 생색내기에는 바나나 맛 우유 제조업체로서도 부끄러운 정도다. 그러니 '바나나 우유'라고 못 쓰고 '바나나 맛 우유'라고 쓴다.


소주 이야기 한다더니, 웬 바나나 '맛' 우유 얘기만 잔뜩?

소주의 사정도 딱 그렇기 때문이다.

'소주'라기 보다는 '소주 맛' 술이니까.

술집에서 '이슬'이나 '처음'을 한 병 시켜 상표를 살펴보면 알 수 있다. 이런 용어가 등장한다.

― 희석식소주(稀釋式燒酎)

농도를 낮추는 게 희석이다. 어떤 용액에 물 같은 걸 넣어 묽게 만드는 게 희석이다. 소주의 경우, '어떤 용액'은 물론 알코올이다. 순도 높은 알코올에 물을 탄다. 그리고 그 알코올이 소주(쌀이나 고구마를 증류한 진짜 전통 소주!)일 필요도 없다. 그저 먹고 취하게 만드는 알코올이면 된다.

그러니까 우리가 즐겨 마시는 '이슬'이나 '처음'은 고농도 알코올을 다량의 물에 '희석'한 술이다. 그렇게 희석이란 화학적 기법을 통해 묽은 술을 준비했으니 '소주 맛'을 내야 한다. 바나나 맛을 내고, 바닐라 맛을 내는 합성착향료로 바나나 맛 우유를 만들어 냈듯이, 소주 맛을 만들어 내면 된다.

그 맛을 내는 건 또 다시 합성감미료의 몫이다.

사카린을 넣은 적도 있는데, 요즘엔 스테비오사이드 같은 걸 넣는다. 그게 무엇이든 '처음'이나 '이슬'이란 이름의 소주,

아니 희석식 소주는 녹말이나 당분이 포함된 재료(그게 무엇이든 관계없다)를 발효시켜 만든 강력 알코올(대개 95%)에 물을 들이부은 뒤 다시 합성감미료를 넣어 만든 소주 '맛' 술이다.

다른 술은 몰라도, 소주만은 마시지 말아야지.

# 삼겹살을 과도하게 먹는 건 사실이다

소주는 안 먹어도 삼겹살은 계속 먹을 생각이다. 단백질과 지방이 절묘하게 결합해 만들어 내는 풍성한 맛을 어찌 잊을까. 그런데 그 환상적인 맛 때문에 돼지고기 유통 방식에 심각한 왜곡이 일어난다. 내가 고민할 문제가 아닌 것도 같지만, 뭔가 잘못하고 있다는 느낌을 떨칠 수가 없다.

'삼겹살의 블랙홀'이란 기묘한 용어가 있다. 외국의 축산업자들이 우리나라를 그렇게 부른다. 용어도 희한하고, '블랙홀'이 왜 하필 우리나라인지도 희한하다.

유럽에서는 삼겹살을 벨리(belly)라고 부른다. '배'라는 뜻이다. 삼겹살이 돼지의 뱃살 부위이기 때문이다. 고기와 지방이 세 겹으로 겹친 삼겹살의 남다른 구성은 바로 돼지 뱃살의 남다른 구성이다.

그런데 유럽에선 벨리의 소비가 별로 없다. 지방의 양이 지나치게 많으니까 안 좋아한다. 삼겹살의 경우 지방의 비중이 대개 30%를 훌쩍 넘긴다. 그렇게 유럽인들이 선호하는 부위가 아니다 보니, 남아도는 벨리 부위를 어떻게 소비할지가 문제였다. 어떻게 '처분'해야 할지가 고민인 돼지고기 부위가 바로 삼겹살이었던 거다.

그런데 고맙게도, 그렇게 남아도는 돼지고기 벨리 부위를 싹쓸이해 가는 나라가 생겼다. 저 멀리 동아시아에 있는 한국이란 이름의……

돼지고기를 해체하면 다양한 부위가 나온다. 안심도 나오고, 등심도 나오고, 목살도 나오고, 다릿살도 나온다. 그런데 우리나라 요식업계에 분 소주의 광풍(狂風)은 언제부터인가 삼겹살을 제물 삼았다. 소주 하면 자동으로 삼겹살 안주를 떠올리게 됐다. 돼지고기의 다른 다양한 부위는 안중에 없다.

나에게 삼겹살을 달라, 등심 따위는 필요 없다!

술 먹다가 동행에게 들으니, 돼지고기의 10% 수준에 불과한 삼겹살을 얻기 위해 돼지 한 마리를 도살하는 꼴이란 얘기까지 나온단다. 그런데 우리나라의 육류 소비를 보면 실제로 그렇다. 육류소비의 절반이 돼지고기인데, 그 돼지고기 소비의 절반이 삼겹살이다. 돼지고기 소비 스타일은 심하게 왜곡돼 있다. 삼겹살 얻으려고 돼지 한 마리 잡는 꼴 맞다.

상황이 이렇다 보니, 축산가공업체나 양돈협회를 중심으로 이따금씩 비(非) 삼겹살 부위의 소비를 장려하는 캠페인이 등장하는 걸 본다. 삼겹살만 찾지 말고 제발, 안심·등심·다릿살도 먹어 달라는 얘기다. 그러나 캠페인으로 해결될 문제는 아닌 거 같다. 캠페인 따위로 어찌 사람들의 입맛을 바꾸어 놓을 수 있을까? '1차=소주+삼겹살'이란 생각이 수학 공식보다 더 확고한 판에.

나라도 삼겹살을 안 먹어야겠단 생각을 한다.

소주도 끊고, 삼겹살도 끊어야겠다.

그렇긴 한데, '삼겹살의 블랙홀'이란 호칭은 정말 웃기는 것 같다.

# 순수한 맥주를 원했을 뿐이다

인생의 쓴맛을 본 그날, 쓴 소주가 심하게 당겼다. 소주는 원래 그럴 때 마시라고 있는 거다. 오늘 저녁이 먹기 싫고, 내일 아침이 살기 싫을 때는 일단 소주다. 인생이 쓰디써서 그 맛을 더 이상 보기 겁날 때 대신 맛보라고 있는 게 소주다. 그러나 잠시 후 나는 소주를 입에 대기도 싫어졌다. 앞서 말한 대로다. '처음00'이니 '참00'이니 하는 소주에 들어간 스테비오사이드류(類)의 감미료가 불순하게 느껴졌기 때문이다. 희석식 소주가 내는 정체불명의 단맛이 불쾌했다. 순수한 쓴맛을 느끼고 싶었다.

그때 홉(hop)이 생각났다.

홉은 여름이면 연한 솔방울 모양의 황록색 꽃을 피워 내는 뽕나무과 식물이다. 그런데 바로 그 솔방울 모양의 꽃에 맥주가 내는 쓴맛의 비밀이 담겨 있다. 맥주의 구수함이 싹 틔워 말린 보리(맥아)의 맛이라면, 쓴맛은 홉의 것이다. 홉은 박테리아를 억제하는 동시에 특유의 쓴맛을 맥주에 선사한다. 인생의 쓴맛을 본 그날, 난 깔끔한 홉의 쓴맛이 그리웠다.

홉의 쓴맛을 떠올리고, 나는 내가 스스로 대견스러웠다. 유럽의 오래된 법령(法令)까지 떠올리면서는 스스로에게 감동하는 지경에 이르렀는데, 그 법이 바로 독일의 '맥주 순수령(Beer Purity Law)'이다. 순수라니, 얼마나 순수한 이름의 법령인가. 내용도 단순명쾌하다. 거칠게 요약하면 이런 내용이다.

— 맥주는 보리와 홉과 물로만 만든다. 다른 거 섞었다간 죽음!

감동적이다. 보리와 홉과 물로만, 그 밖엔 절대, 아무것도 섞지 않고 만들어 낸 순수 맥주. 그야말로 자연의 맛이다. 자연의 재료와 시간의 숙성만으로 만들어 낸 천상의 음료. 물론 보리와 홉, 물만으론 맥주가 만들어지지 않는다. 발효를 위해선 효모가 필요하다.

그러나 그거야 곁가지다. 순수령은 500년 전 독일 남부지방에서 만들어졌고, 당연한 얘기이지만 지금은 다른 관련법들이 등장하면서 대체로 관행 정도로 남아 있다. 그러나 독일 양조업자들은 순수령을 너무나 사랑한 나머지 지금도 알아서들 지킨다고 한다. 물론 순수령보다 마케팅을 사랑해서 그러는 것이겠지만.

여하튼 그런 생각 끝에 나는 홉의 순수한 쓴맛을 찾아 동네 마트로 향했다. 그리고 잘 나가는 캔 맥주 하나를 집어 들었다. 감미료로 맛을 낸 소주와는 다른, 홉의 상쾌한 쓴맛 가득한 순수 맥주를 단 2000~3000원으로 집 근처에서 구할 수 있다니……. 그날 나는 홉의 순수한 쓴맛으로 인생의 쓴맛을 제압할 심산이었다.

집에 돌아와 멸치 몇 개와 고추장, 그리고 김 몇 장을 접시에 담아내고는 식탁에 앉았다. 투명 글라스도 하나 찾았다. 그리고 숨죽이며 마트에서 사 온 맥주를 콸콸 따랐다. 글라스 위로 부드러운 크림층이 만들어졌다. 냄새부터 맡았다.

아~! 500년간 '순수'라는 이름의 아름다운 법률에 의해 보호받아 온 홉의 쓴맛……. 이 쓴맛이면 적어도 오늘만큼은 인생의 쓴맛을 잊고 편히 잘 수 있으리란 생각은, 내려놓은

캔을 집어 드는 순간 사라졌다. 라벨에 적힌 맥주의 원료는
순수하지 않았다.

정제수, 맥아, 전분(수입산 옥수수·밀), 홉 펠렛, 홉 즙, 효
모, 산도조절제, 효소제, 영양강화제, 효모영양원(황산칼슘·
산화마그네슘)…….

이렇게 잡다할 수가!

순수(또는 순진)한 건 맥주가 아니라 나였다. 나는 그날 분
한 마음으로 맥주를 벌컥벌컥 마시며, 불순물 섞여 종종 잡
스러운 맛을 내기 마련인 우리들의 삶에 대해 생각했다. 삶
의 쓴맛에 대해 생각했다.

# 시베리아 횡단열차에서
# 샌드위치를 먹었다

몇 년 전 가을 시베리아를 횡단했다. 유라시아의 끝 블라디보스토크에서 모스크바까지 9288㎞의 여정. 그 먼 거리를 어떻게 돌아다니다 왔는지, 지금 생각해도 안 믿긴다. 갔다 온 건 맞다.

시베리아 횡단은 시베리아 횡단 열차로 한다. 짧게는 일주일, 길게는 열흘 남짓 열차를 타면 블라디보스토크에 있던 내가 모스크바에 가 있다. 수동의 표현을 쓰는 이유가 있다. 열차 바깥으로는 광활한 벌판과 희고 신비한 자작의 숲이 내내 펼쳐지는데, 그것만 펼쳐진다. 내가 어디를 향해 간다는 느낌이 없다. 누가 어디인가로 나를 데려다주는 느낌. 꼭 우리의 삶 같다.

시베리아 중간, 바이칼 호수까지만 68시간에 걸쳐 열차를 타고, 이후론 비행기를 이용했다. 여행을 마치자 68시간이 너무 아쉬웠다. 그 시간의 깊이……. 시간은 모든 곳에서 균일하게 흐르거나 하지 않는다.

시베리아 열차에 올라타고 43시간이 지났을 때, 내가 탄 2등 객실에서 파티가 벌어졌다. 객실은 4명이 함께 쓰는데, 그 안에는 아주 조그만 테이블뿐, 식탁 같은 건 없다. 그러나 진하고 깊은 사연이 있었다. 시베리아의 식탁 정담.

2층 침대를 쓰는 50대의 사내 즈알렐이 아침부터 나에게 러시아 맥주를 내밀었다. 잠시 정차한 역에서 막 사 온 음료였다. 나는 밤사이 두통 때문에 맥주를 고사하고는 너무 미안해 그를 한참 쳐다봤다.

즈알렐은 멀리 카스피해의 바쿠 태생인데, 젊은 시절 하바로프스크로 건너가 십 년간 군인을 했고, 지금은 올가의 고향인 치타에서 소를 키운다. 아 참, 올가는 1층의 내 침대와 1m도 떨어지지 않은 맞은편의 1층 침대를 쓰는 30대 초반의 여성인데, 군인이다. 당연히 미인이고.

룸메이트에게 맥주를 제의했다가 거절당한 즈알렐은 그러나, 서운한 기색 없이 이번엔 빵과 큼직한 소시지 둘을 꺼냈다. 그리고 올가에게 무언가 부탁했다. 올가는 창가에 붙은 작은 테이블에 빨간 천을 깔고 빵과 소시지를 배열했다. 즈알렐은 옆방에서 작은 칼을 빌려 왔다.

가스등처럼 노오란, 내 머리맡의 작은 불로 밝힌 좁은 객실에서 나는 올가가 정성스레 만들어 주는 소시지 샌드위치를 한 개, 두 개, 그리고 세 개까지 먹었다. 사실 나는 식당 칸에서 아침을 먹은 상태였다. 배가 부르다는 눈빛을 올가에게 보냈다. 그러나 올가는 어색과 웃음과 체념의 권유가 담긴 눈빛으로 화답했다. 지금은 어쩔 수 없어요, 호의를 또 거절해선 안 될 거 같으니, 그냥 드세요…….

올가는 아름다웠고, 나는 샌드위치를 계속 먹었다. 즈알렐은 맥주를, 올가는 주스를, 나는 지나던 승무원이 따라 준 뜨거운 물에 우린 홍차를 마셨다.

내가 러시아 말을 몰랐기 때문에 셋의 대화는 자주 끊겼다. 샌드위치의 폭격으로 정신이 혼미한 상태에서, 나는 문득 올가와 즈알렐 사이의 대화 내용이 궁금했다. 올가에게 간단한 영어로 물었다.

"지금 무슨 얘기 중?"

올가는 술에 관해 얘기하고 있다고 했다. 나는 웃었고, 두 사람도 따라 웃었다. 내가 소주와 소주의 도수로 대화에 동참하자, 즈알렐은 "칵테일!"이라 일축하더니, 70도짜리 보드카와 사마곤, 그리고 역시 같은 도수의 카스피해 토종 술 '차차'에 대해 자랑했다. 즈알렐은 즐거운지 연신, 독주를 먹고 취하는 연기를 했다. 나는 독주 때문에 가슴이 타는 연기로 화답했고, 올가는 소녀의 모습으로 웃었다. 행복했다.

# 한겨울에는 독주(毒酒)가 최고다

카스피해 출신의 사내 즈알렐이 소주를 깔보며 자랑한 사마곤과 차차에 대한 집중 탐구 시간이다. 시베리아 횡단의 추억을 술 얘기하려고 꺼내 든 거였다. 즈알렐의 자랑부터 육성으로 되새겨 보자.

"그 정도면 칵테일이네. '사마곤'이나 '차차' 정도는 마셔 줘야지!"

"사마곤? 차차? 그렇게 대단한 술이야?"

시베리아를 횡단하고 한국에 돌아오기까지 내내, 나는 그 대단한 술, 사마곤과 차차의 정체가 궁금했다. 즈알렐과는 어차피 말이 제대로 통하지 않았다. 설명을 해 주어도 알아듣지 못했을 거다. 한국에 돌아온 뒤에 알아봤다. 사마곤과 차차는 서민들이 즐겨 마시는 밀주(密酒)에 가까웠다. 사마곤은 감자로 담는다 했고, 차차는 포도의 찌꺼기를 이용했다. 둘 다 알코올 농도가 최소 40도란다. 막걸리나 와인처럼 그냥 발효만 시킨 술은 아닐 것이 분명했다. 사내는 70도의 알코올 농도를 말하기도 했는데, 과장은 아니었다.

하바로프스크 교외에서 벌목을 한다던 즈알렐. 맨몸으로 시베리아의 바람, 눈발과 싸워야 하는 즈알렐에게 사마곤과 차차는 술이면서, 추위를 이겨 내게 해 주는 약(藥)이었다. 나는 매년 12월과 2월 사이, 시베리아의 찬 공기가 한반도로 몰려들 무렵이면 즈알렐이 자랑하던 사마곤과 차차 생각이 간절하다. 사마곤과 차차 한 잔이면, 소한과 대한 추위 정도는 거뜬할 텐데⋯⋯. 하지만 즈알렐이 혹한과 싸우며 마셨고, 오늘도 마시고 있을 시베리아 또는 우크라이나 또는 카스피해산(産) 밀주를 서울에서 무슨 수로 구한단 말인가?

맛보지 못한 사마곤과 차차의 유혹은 쉽게 떨쳐지지 않았다. 대안이라도 찾고 싶었다. 혹한 속, 즈알렐의 힘겨운 벌목

노동을 따뜻하게 해 주었던 사마곤과 차차는 대체 어떤 술일까. 어떤 술이길래, 시베리아의 추위에 맞설 힘을 주었을까.

즈알렐이 자랑한 술 중 사마곤은 보드카, 차차는 브랜디에 해당한다. 그러니 사마곤과 차차를 구하지 못하면 보드카와 브랜디를 마시면 된다. 그러면 우리도 즈알렐처럼 시베리아의 추위를 이길 수 있다. 소한·대한이 지나고 꽃샘추위가 닥쳐도 겁날 게 없다.

그럼, 브랜디는 어떤 술일까. 곡류를 발효시켜 얻은 술을 증류하면 위스키다. 곡류 대신 과일을 발효시킨 술을 증류하면 브랜디다. 이런 술을 우리는 대개 코냑이라 부른다. 그러나 코냑은 브랜디의 한 종류다. 과일로 만든 양조주를 증류해 얻은 술의 통칭이 브랜디이고, 그중 대표주자가 코냑이다. 프랑스 코냑 지방에서 만들어져서 코냑인데, 그 탄생의 사연이 드라마틱하다.

코냑 지방의 와인은 그보다 남쪽이면서 바다에 가까운 보르도 지방의 와인에 비해 그 질이 한참 떨어졌다. 원재료인 포도의 특성 때문이겠지만, 신맛이 강했다. 그런데 신맛의 주범인 산(酸)이 증류 과정에서 매력적인 향을 만들어 낸다는 사실을 코냑 지방 사람들은 놓치지 않았다. 그러나 그것만으론 부족하다.

브랜디 역시 위스키처럼 오크의 도움으로 완성되는데, 코냑 지역이 질 좋은 오크를 확보하게 된 사연이 재밌다. 17세기 후반 루이 14세 때 콜베르란 정치가가 있었다. 이 사람이 대서양 쪽 프랑스 해군기지에 공급할 선박을 만들려고 코냑 부근에 대규모의 참나무 숲을 조성했다. 이게 최고의 브랜디 코냑을 탄생시킨 오크통의 재료가 된다.

카뮈, 헤네시 등 코냑 아니 브랜디는 증류주 가운데 가장 비싸다. 비싼 만큼 귀해서 칵테일로 먹거나 하진 않는다. 후식용으로, 혀로 천천히 굴려가며 음미한다. 카스피해의 사내 즈알렐은 물론 카스피해 특산의 값싼 브랜디 차차를 그렇게 마시고 있진 않을 것이다.

즈알렐이 자랑한 또 하나의 독주 사마곤은 보드카다. 과일로 만든 차차와 달리 곡류로 만든 술을 증류해 얻기 때문에 보드카로 부르는 것일 게다. 그럼 보드카는 위스키, 브랜디와 어떻게 다를까. 위스키이든, 브랜디이든 오크의 도움으로 특유의 색과 향을 얻는다. 그런데 보드카는 무색·무향·무취를 내세운다. 우리나라에서도 인기 높은 앱솔루트 보드카를 생각해 보라. 투명한 원형 병에 담긴, 병보다 더 투명한 술. 얼마나 순수한가. 그러나 모든 순수는 쉽게 얻어지지 않는다.

시베리아 전역엔 하얀 거죽의 자작나무가 흔하다. 보드카를 만든 사람들은 자작나무를 태워 까만 숯을 얻었다. 그리고 밀·보리·호밀·감자 등으로 만든 술을 증류시키면서, 숯을 채워 넣은 탑을 통과시켰다. 자작나무 숯이, 탁한 발효주의 향과 색을 흡착하고 나서야 절대 순수의 알코올이 얻어진다.

보드카와 관련해 빼놓을 수 없는 얘기가 있다. 서기 1000년을 즈음해 러시아가 종교를 들여올 때 얘기다. 요즘 식으로 말해 '종교 마케팅' 같은 게 있었다. 당시 유력한 종교라 할 만한 게 로마 가톨릭, 동방 정교, 이슬람이었다. 러시아는 그중 동방 정교를 채택해 러시아 정교로 정착시켰는데, 와중에 이슬람 마케팅 사절단을 물린 사연이 재미있다. 이슬람 사절단이 그랬단다.

"이슬람은 모든 술을 금지합니다."

"그건 좀……."

연중 대부분이 겨울인 러시아 사람들에게 술은, 기호를 넘어 추위를 견디는 필수품이었다. 술 없는 종교를, 그들은 받아들일 수 없었다. 그런데 1000년 전 이슬람을 물리치게 만든 술은, 우리가 앱솔루트 병을 앞에 두고 감탄하는 무색·무취의 투명 보드카였을까. 아마도 즈알렐이 벌목의 틈새에 마시고 있을 사마곤에 가까울 것이다.

# 압생트는 영혼을 피폐하게 한다

독주에 대해 얘기한 김에 진과 압생트에 대해서도 설명해야겠다.

진과 압생트는 그냥 증류주와는 좀 다르다. 증류 과정에서 새로운 재료가 들어간다. 진을 코에 대보면 소나무 비슷한 향이 나는데, 주니퍼 베리(juniper berry·노간주나무 열매) 냄새다. 노간주나무가 소나무과에 속한다. 압생트는 고농도의 알코올에 향쑥의 줄기와 잎을 잘게 썰어 넣고 다시 증류한다.

압생트는 특히 조심해야 할 술이다. 19세기 후반 수많은 예술가들이 이 뭉근한 초록빛의 독주에 중독돼 건강을 잃었다. 시신경을 해치는 물질이 들어 있다는 얘기도 돌았다. 빈센트 반 고흐의 현란하면서도 일상적이지 않은 색감이 압생트 중독 때문이란 설(說)이 있다.

그러나 어디 압생트뿐이겠는가. 위스키, 브랜디, 보드카, 진에 고량주, 소주까지 세상의 모든 독주는 추위를 떨쳐 몸을 보호하지만, 과하면 독(毒)이다. 증류를 통해 얻어지는 농도 95~96%의 순수 알코올을 주정(酒精), 그러니까 '술의 영혼'이라는 멋들어진 말로 부른다. 미국의 위스키 '에버클리어'나 폴란드의 보드카 '스피리터스'는 심하게 독해 주정과 별 차이가 없다. 그러나 부디, 술의 영혼을 취하려다 개인의 영혼이 피폐해지는 일은 없기를.

# 해장국집이 너무 많다

우리 음식들의 이름은 대개 쓰이는 재료의 이름을 포함해 만들어진다. 대개 재료가 있고, 거기에 조리법을 표시하는 용어가 가세한다. 이런 식이다 .

김치찌개, 된장찌개, 대구탕, 고등어조림, 감자튀김, 시금치나물, 무국, 콩나물국…….

김치(재료)+찌개(조리법)의 형식이 대세인 것이다. 이런 형식을 벗어나기도 하지만, 대개 재료나 조리법 중 하나의 요소는 포함한다. 그게 우리 음식들의 작명(作名) 방법이다.

그런데 재료도 조리법도 드러나지 않는 음식이 하나 있다.

아니 하나가 아니라 대단히 다양한 종류를 자랑하는 음식이다. 바로 해장국이다.

해장 —.

장(腸)을 풀어 준다(解)고 해장이라 했을 것 같은데 그건 아닌 모양이다. 해장국은 원래 해정국이었다. 해정은 해정(解酲)이니, 숙취를 풀어 준다는 말이다. 한자 정(酲)이 숙취를 뜻한다. 술 취한 상태를 말한다. 그러나 장을 풀어 주든, 숙취를 풀어 주든 크게 다르지 않아 보인다. 숙취로 피로해진 우리 몸의 내장 기관들을 다스려 준다는 의미의 해장도 별로 틀린 말로 보이지 않는다. 넓게 보아 속을 풀어 주는 국이라 해석하면 그만이리라.

어느 쪽이든, 이 해장국이란 음식은 그 이름에 재료도 조리법도 나타내 주지 않는다. 그저 용도만 표시할 뿐이다. 숙취를 풀어 준다는 음식의 용도가 중요한 것이다. 재료도 조리법도 중요하지 않다. 어떤 재료를 쓰든, 어떤 조리법을 적용하든 술 취해 정신 못 차리고 있는 사람을 정신 차리게 해 주면 된다.

길거리 식당가를 한번 둘러보시라. 모르긴 해도 해장국 간판을 내건 음식점이 한두 개는 포함돼 있을 것이다. 해장국은 지역을 가리지 않는 그야말로 전국구 음식이며, 유행을 타지 않는 전천후 음식이다.

도대체 얼마나 많은 사람들이 속을 풀고 싶었기에 해장국이란 기상천외한 이름의 음식이 생겨나고, 면면을 유지해 오고 있을까?

술을 마시면 도대체 우리 '속'에 무슨 일이 벌어지는지부터 알아야겠다. 그래야 해장이든, 해정이든 속을 푸는 일에 대해 제대로 논할 수 있다.

소주건 맥주건 막걸리건 와인이건 위스키이건 먹고 나면 다를 게 없다. 모두 알코올이다. 그런데 알코올을 적정량 이상 섭취할 때 우리 몸에 쌓이는 물질이 있다. 바로 '아세트알데히드'라는 물질이다. 이게 과도하게 축적되면 얼굴이 붉어지고, 메스껍고, 어지럽고, 머리가 아프다. 한마디로 숙취 상태에 돌입하는 것이다.

물론 적당히 마시고 적당한 양의 아세트알데히드를 생성시키면 간(肝)이 알아서 처리해 준다. 그러나 간이 따라잡지 못하는 속도로 술을 마시면(누가 시키는 것도 아닌데 시작만 하면 들이켜 대니 어쩔 수 없이) 아세트알데히드가 몸에 쌓이는 것이다.

아세트알데히드만 문제인 것은 아니다, 술을 과도하게 마시면 수분과 전해질도 부족하다. 이런 문제들이 모두 합쳐져 숙취다.

각설하고, 해장을 위해서는 아세트알데히드를 분해시켜야 하는데 그 특효가 콩나물이다. 콩나물에 들어있는 '아스파라긴산' 성분이 간의 아세트알데히드 분해를 도와준다. 콩나물국이 가정에서 먹는 해장국의 원조가 된 것은 그러니까, 과학인 셈이다.

그러나 술 먹은 다음 날 콩나물국만 들이키지는 않는다. 관건은 간의 기능 증진이니, 간에 좋은 고단백의 재료들이 해장에 동원되기 마련이다. 그중 전통적 강자는 북어다. 북어포를 찢어서 불려 두었다가 참기름에 볶아 물을 넣어 끓이는 게 조리의 핵심이다. 나중에 계란도 풀고 두부도 넣는 건 끓이는 사람 마음이다.

그리고 아마도 식재료의 수급과 관련 있겠지만, 언제부터인가 선지와 속칭 '뼈다귀'로 통하는 돼지등뼈도 해장국의 주요 재료로 쓰이고 있다. 술 먹은 다음 날 해장국 먹으러 가자고 하면, 요즘엔 콩나물국이나 북엇국보다 선짓국이나 뼈다귀 해장국으로 알아듣는 경우가 더 흔하다.

물론 아스파라긴산을 함유한 콩나물의 '과학'은 여전해서, 주재료가 북어이건 선지이건 뼈다귀이건 간에 콩나물을 함께 넣는 경우가 많다.

# 해장국을 안주로 또 술을 마신다

여기서 잠깐 우리 음주 문화에 특유한 차수(次數) 변경에 대해 짚고 넘어갈까 한다. 해장국의 다양한 용도, 아니 용도의 왜곡과 관련이 있는 문제이기 때문이다. 무슨 얘기인가하면, 술을 먹은 뒤 숙취를 달래기 위한 용도로 만들어진 해장국이 언제부터인가 술을 조금이라도 더 먹기 위한 안주로 '변질'되고 있는 것이다.

먼저 직장인들의 음주 패턴(pattern)을 간략히 살펴보자.

평균적인 경우 직장인들은 대개 소주로 자리를 시작한다. 어스름한 저녁, 약간은 피로한 상태로 회사를 나와 소주로 그 피로를 푼다. 회사에서 멀지 않은 거리에 있는 식당에 들어가 고기(대개는 삼겹살이다!)를 직접 구워 가면서 소주잔을 주거니 받거니 한다. 나누는 얘기야 엇비슷하다. 상사나 튀는 동료들에 대한 '뒷얘기', 회사의 비인간적 처우에 대한 비난이 대부분이다. 사람 사는 게 다 비슷해서, 불만의 내용도 거기서 거기다.

그런데 한두 번이면 몰라도 술자리 때마다 그런 얘기를 하는 게 재미있을 리 없다. 그래서 그냥 소주를 먹는 대신 소주를 재료로 일종의 놀이를 시도하게 된다. 앞서 얘기한 대로 소폭의 출현은 그런 술자리 문화와도 관련 있다. 소주 1병과 맥주 2병을 시키고는, 이렇게도 섞어 보고 저렇게도 섞어 보는 것이다. 그렇긴 해도, 회식의 '원형적' 방식이 소주와 구운 고기의 조합인 것은 여전하다.

그러나 술자리가 거기서 끝나는 법은 거의 없다. 누군가 "2차 가야지!"라고 외치기 마련이다. 이때 '누군가'는 별 의미가 없다. 대부분의 애주가들은 2차를 당연한 것으로 여기기 때문이다. 내가 아니면 그가, 그가 아니면 그녀라도 "2차!"를 외치게 돼 있다. 그리고 그 구호에 따라 1차의 구성원들은 대개 한두 명 정도의 낙오만을 허용한 채 2차로 향한다.

2차는 대개 생맥주다. 1차는 고기를 굽느라, 아니면 소주를 맥주에 섞어 '원 샷'들을 하느라 정신없는 경우가 대부분이다. 한두 시간 자리를 함께 했지만 '대화'를 거의 나누지 못한 것이다. 1차에서 막 시작만 하고 끝내지 못한 '한탄'과 '비난'을 이어 가야 한다. 500cc 생맥주 두세 잔을 마시며 그렇게 이런저런 대화를 이어 가는데, 그러다가 대화가 자꾸 엇나가고 있다는 사실을 발견한다. 그야말로 횡설수설……. 1차의 소주에 2차의 맥주가 겹치며 좌중이 취하기 시작하는 것이다.

그렇다고 술자리가 끝나지는 않는다. 누군가 한 명은 나서기 마련이다.

"한잔은 더 하고 가야지~. 딱 한잔 더!"

약간은 풀린 목소리로 터져 나온 "3차!" 제안에 모두 응하진 않는다. 1차와 2차의 격전을 치르고 나면 대개 자정이 가까워 온다. 지하철이나 버스가 끊길 시간이다. 대중교통을 이용하겠다는 동료를 말릴 방법은 없다. 택시요금 대줄 것 아니면 가겠다는 사람 가게 해야 한다. 그러나 이미 얼큰하게 취한 주당(酒黨)들에게 막차 따위야 안중에 없다. 일단 더 마시고 보는 것이다.

문제는 안주와 술인데, 이때 남은 두세 명의 주당들은 묘

책을 만들어 낸다. 술을 먹으면서 동시에 술을 깨면 되지 않는가! 그런 명분을 공유하고 술집이 밀집한 거리의 뒷골목을 잠시 서성인다. 그러다 누군가 상황을 정리한다.

"해장국에다 소주나 한잔 하지, 뭐!"

이렇게 1차 소주(또는 소폭), 2차 생맥주에 이어 다시 3차 소주가 시작된다. 안주는 대개 감자탕을 표방하는 뼈다귀 해장국, 또는 선지와 우거지를 넣은 해장국류(類)……. 아니면 포장마차에 들어가 간편하게 말아 낸 국수에 술 한 잔을 털어 넣기도 한다.

물론 특별한 경우를 제외하면 소주 1~2병을 넘기지 않는 간소한 술자리다. 3차까지 남은 최후의 2~3인은 역시 이날의 마지막 소주 몇 잔으로 서로에 대한 신뢰와 앞으로의 우정을 확인하며 자리를 끝낸다.

이쯤 해서, 다시 해장국의 기묘한 용도를 떠올릴 수밖에 없다. 술 깨자고 먹는 해장국이 술 취하자고 먹는 안주의 용도로 쓰이는 것이다. 해장국이 '술국'으로 둔갑하는 비논리적인 상황이다. 여하튼 소주를 중심에 둔 한국 직장인들의 전형적인 술자리 차수 변경은 그래서 이렇게 정리할 수 있다.

1차. 소주(또는 소폭)+삼겹살

2차. 생맥주+마른안주

3차. 다시 소주+해장국

해장국에 먹는 술. 그런 아무리 생각해도 참 희한한 일이다.

# 섞어찌개의 원조는 우리 외할머니다

　70~80년대에 '섞어찌개'라고 있었다. 김치찌개를 베이스로, 오징어를 듬뿍 넣은 매콤한 찌개다. 때론 약간의 돼지고기가 가세하기도 한다. 다진 마늘과 빨간 '다대기'를 듬뿍 넣어 해장용으론 그만이었다. 특정한 레시피가 있는 것처럼 말은 했지만, 다양한 식재료들을 '섞어서' 끓이면 섞어찌개다. 냉장고에 낙지가 많이 남았으면 낙지를, 소고기가 남았으면 소고기를, 미더덕이 충분하면 미더덕을 투하해 주면 된다. 특유의 짭조름, 시원한 맛을 내는 오징어가 필수 베이스이긴 하지만.

　그런데 해장용으론 그만, 이라고 썼지만, 70~80년대에는 초중고교를 다닐 때라 해장할 일이 없었다. 뭐, 학생이라고 술을 안 먹는 건 아니고, 못 먹을 것도 없지만, 그래도 모범생 축이었기 때문에, 학력고사(요즘의 수능) 백일 전, 백일주 외엔 술을 먹어 본 적이 없다. 어쨌거나 찌개를 즐길 일은 없던 나이였다. 그러나 섞어찌개의 구성과 내력과 본질을 나는 아주 상세하게, 내가 직접 본 것처럼 꿰뚫고 있다.

맞다. 나는 섞어찌개의 탄생을 내 눈으로 직접 봤다. 1970년대 중반, 명동의 한 골목에서 장사하시던, 돌아가신 우리 외할머니가 대한민국 섞어찌개의 원조이기 때문이다. 이거 진짜다.

잘 안다. 음식의 '원조' 논쟁은 곧잘 증거 없는 공방으로 이어지게 되고, 그러다 흐지부지되고, 나중엔 논쟁의 당사자들 모두가 '원조'를 참칭하게 된다는 걸. 그런 식으로 족발 거리에도, 함흥냉면 골목에도, 즉석 떡볶이 거리에도 수십 개의 '원조'들이 자리를 잡고 있다. 간판마다 나붙은 '원조'의 글씨들이 갈수록 굵어지고 커진다는 것도 잘 알고 있다.

그러나 섞어찌개의 경우는 다르다. 향후 격화될지도 모를

'섞어찌개 원조 논쟁'에 대비해 짤막한 에피소드부터 하나
글로 기록해 두려고 하는데, 다른 '원조' 논쟁에 등장하는,
상투적 일화들과는 차원을 달리 한다는 걸 보자마자 알 수
있다.

　70년대 식당의 카운터 위에는 빠지지 않는 물건이 하나 있
었다. 명함 절반 크기의 성냥갑이다. 성냥 30~40개가 빼곡
한 이 성냥갑은, 당시로선 중요한 마케팅 툴(tool)이었다. 조
그만 정사각형의 공간에 식당 이름과, 전화번호 그리고 주요
메뉴들이 조그만 글씨로 박혀 있었다. 라이터가 흔한 시절이
아니라, 담배 피는 이들은 그 성냥을 항상 주머니에 넣고 다
녔다. 집에서도 연탄불 때고, 풍로(옛날엔 '곤로'라 했는데, 찾
아보니 일본말)에 불붙이려면 성냥이 필요할 때였다. 글자 몇
개 안 들어가는 조그만 성냥갑에, 식당과 메뉴에 관한 정보
를 때려 넣기 위해 최선을 다해야 했던 이유다.

　명동의 외할머니 식당도 당연히 성냥갑을 판촉물로 찍었
다. 70년대 중반의 바람 차던 어느 겨울, 할머니네 식당에 놀
러갔다가 성냥갑 하나를 들고 집에 돌아온 나는, 방에서 성
냥갑을 가지고 놀다가 소스라치게 놀랐다. 성냥갑에 적힌,

식당의 대표 메뉴 때문이었다. 지금도 기억이 생생하다.

— 썩어찌개

흥분한 나는 바로 엄마를 불렀다.

"엄마, 이거 봐. 할머니한테 빨리 전화해."

"왜?"

"성냥갑, 이거 보라고."

"할머니네 식당에서 얼마 전에 메뉴 새로 개발한 거 너도 알잖아! 오징어랑, 김치랑, 미나리랑 식재료들 다 섞어서 만드는 찌개. 너도 먹어 봤잖아. 그게 섞어찌개야."

네에, 섞어찌개 저도 잘 알고요. 그걸 왜 '썩어'로 적느냔 말씀이죠……, 란 설명이 필요하진 않았다. 엄마는 잠깐 놀라고, 한참을 웃더니 "나중에 성냥갑 찍을 때 제대로 하라 말씀드리겠다"고 했다.

자, 어떤가. 성냥갑의 오타('썩어찌개')와 엄마의 담담한 설명("얼마 전에 메뉴 새로 개발한 거 너도 알잖아!")은 기존의 '원조 논쟁'에 등장하는 에피소드들과는 비교할 수 없을 정도 아닌가. 과문(寡聞) 탓인지 몰라도, 어떤 원조 논쟁에서도 이렇게 생생한 에피소드를 본 적이 나는 없다.

얼마 전 어머니에게 당시 상황을 말씀드린 적이 있다. 벌써 40년이 흐른 탓일까. 어머니는 성냥갑 사태를 기억하지 못했다. '섞어찌개'를 '썪어찌개'로 잘못 썼다는 얘기, 그걸 내가 제일 처음 발견했다는 얘기를 힘주어 여러 번 말씀드렸지만, "기억 안 난다"라고만 하셨다. 하지만, 외할머니가 섞어찌개를 대한민국 최초로 만들었다는 사실만은, 다시 확인해 주셨다.

"장사를 하다 보면, 식재료들이 짜투리로 남게 되거든. 할머니가 그렇게 조금씩 남는 식재료들을 한데 모아서 새로운 찌개를 만든 거지. 그리고 그게 큰 인기를 끌었던 건, 양념 때문이야. 할머니가 테이블마다 돌아다니면서 마늘이랑 다대기를 일일이 냄비에 넣어 주셨거든. 양념이 싱싱해서 사람들이 정말 좋아했어. 그러곤 옆에 다른 식당들도 섞어찌개라고 메뉴를 만들기 시작한 거지."

이 정도 설명했는데도 못 믿겠다면, 어쩔 수 없다. 70년대 중반 영업이 막 끝난 우리 외할머니 식당 구석에서 있었던

신 메뉴 개발 회의의 녹취록을 가져와 보라거나, '썩어찌개'의 오타가 선명했던 성냥갑을 보여 달라 하면 물론, 못한다. 그러나 그렇다고 대한민국 섞어찌개의 원조가 우리 외할머니란 사실이 변하는 건 아니다.

진짜다.

음……, 그런데 섞어찌개의 원조가 누군지 관심 있단 사람도 별로 없는데, 왜 그리 흥분하냐고요?

그러게요.

# 6부

## 궁극의 레시피

# 그해 여름 '맛의 달인'을 만났다

큰애가 고3 수험생일 때 일이다. 늦여름이었다. 수능 100일을 앞두고 아이가 일본 여행을 고집하는 바람에 교토에 갔다. 지금 생각하면 당한 거지만, 그땐 아이가 치는 배수진이 겁났다. 저 일본에 안 가면, 수능 공부 안 해요……

가서 특별히 무얼 한 것도 아니다. 서점에 들러 자신이 좋아하는 만화와 이른바 라이트 노벨이라 불리는 청소년 소설을 들추어 보는 정도였다. 몇 종류의 라멘을 섭렵하기도 했다. 그러고는 어디서 들었는지 갑자기 애니메이션 박물관에 가겠다고 했다.

나는 갈 생각이 없었다. 버스에서 헤어졌다.

너는 너의 길을 가라.

나는 나의 길을 갈 것이다!

아이를 내리게 하고, 버스로 헤이안 신궁(神宮)에 도착했다. 미술관이 즐비했다. 나는 한때 신문사에서 미술 분야를 취재했고, 그래서 뭐랄까 전시장에 걸린 그림들을 보면 향수에 젖는다. 천년의 고도 교토에서 나는 문득, 향수에 빠졌다.

루브르 전(展)과 르네 마그리트 전(展) 대신, 국립근대미술관의 이름 모를 전시를 택했다. 와쇼쿠(和食)의 천재 로산진(魯山人) 전(展). 와쇼쿠는 화식(和食) 그러니까 일본 음식이다. 로산진(1883-1959)은 모르는 사람이었다. 거만한 눈빛의 얼굴과 얼굴 옆에 그려진 일본 식기만을 보고 전시장으로 들어갔다. 그리고 내 눈을 압도한 전시장 초입의 문구.

— 나는 음식(食)을 먹지 않고, 아름다움(美)을 먹는다.

짧은 카피에 한 순간 멍했다. 정신을 차리고 전시장을 가득 메운 요리 사진과 도자 실물들을 천천히 스캔(scan)했다. 일본말에 서툴러 로산진이 어떤 사람인지 정확히 알 수는 없었다. 그러나 그가 남긴 작품들은 그가 음식에서 어떻게 맛을 넘어선 아름다움을 발견하고, 일본의 음식문화를 혁명적으로 바꾸었는지 알게 해 주었다.

한국에 돌아오자마자 로산진을 탐색했다. 그 유명한 일본 만화 '맛의 달인'의 실제 모델이란다. 내친 김에 평전을 하나 읽어 보았더니, 이런 천재가 또 없다.

유복자로 태어나 이집 저집을 전전하며 컸으면서도 그는 일찌감치 서예와 전각의 대가로 인정을 받았다. 교육은 전무했다. 길거리 간판들의 캘리그라피(calligraphy)가 유일한 선생님이었다. 그런데 그는 절대미각의 소유자이기도 했다. 삼십대에 돌연 '맛'으로 돌아선 이유다. 그는 1920~30년대에 전례가 없는 요리와 식기를 만들어 내며 일본 음식문화의 혁명을 이끌어 낸다.

나는 지금도 가끔 선(禪)의 향기 물씬한 그의 '요리 작품'들을 떠올리곤 하는데, 그때마다 황홀하다. 먹는다는 것, 인간의 처절하고 날 것인 그 본능을 미(美)와 숭고의 경지로 끌어올린 그의 괴팍한 고집에 반하기 때문이다.

사치스러울 수 있는 얘기란 걸 안다. 우리 음식의 아름다움은 두고 왜 일본에만 관심을 가지느냐는 비판도 있을 수 있다. 그러나 한 사람의 감각과 집념이 어떤 분야의 판도를 통째로 바꾸는 모습을 보기는 쉽지 않다. 국적을 불문하고 시대를 초월해 희귀한 일이다.

그해 여름, 자신은 일본에 꼭 가야만 한다는 집념으로 내게 로산진을 알게 해 준 우리 큰애는 물론 지금도 로산진을 모른다. 가벼운 일본소설과 진한 국물의 라멘만 고집스럽게 탐닉하고 있을 뿐이다. 나는 그런 그를 볼 때마다 고집이나 집념은 그런 데 쓰는 게 아니라고, 로산진처럼 무언가 크게 바꾸기 위해 써야 하는 거 아니냐고 얘기하고 싶어진다. 얘기하진 않는다.

# 부엌에서 지중해를 보았다

제주에 갔다. 시작부터 순조롭지 못했다. 서귀포 숙소로 가자니 한라산을 관통해 북에서 남으로 종단해야 했다. 그러나 바닷바람을 등에 업은 눈보라는 세찼다. 바람 찬 흥남 부두를 떠올리며 종단의 여정을 시작하려는 찰나, 경찰이 우리 가족의 차를 막았다.

"위험해서 못 갑니다."

"아예 못 가나요?"

"해안 쪽으로 돌아가셔야 해요."

"네? 아, 네. 내비게이션에 어떻게 찍나요?"

"먼저 조천을 찍고, 그다음에 구좌를 찍으세요. 거기서 ○○리조트 치시면 돼요."

가까운 길을 멀리 돌아가기도 해야 삶이 즐거워진다는 게 지론이긴 하다. 그러나 그거야 내가 원해서 그럴 때다. 칠흑의 야밤에 눈 얼어 미끄러운 길을 운전해 가는 건 피곤하고 외로운 일이다. 관통하면 한 시간에 갈 거리를, 제주의 해안선을 일주(라기보다 표류)하며 세 시간 반 만에 숙소에 도착했다.

그런데 그런 경우에도 가까운 길을 멀리 돌아가는 보람은 있다. 아내가 짐을 풀던 중에 구좌(경찰이 찍어 준 내비게이션의 두 번째 지점)의 한 상점에서 샀다며 비누를 내놓았다. 당근 비누다. 왜 당근일까. 포장지의 설명이 간결하니 좋다. 화산재 토양에서 자라 색과 향이 강하고 전국 당근의 절반을⋯⋯.

여차저차 제주 여행을 마치고 서울 집에 돌아와 이틀인가 지났을 때 나는 구좌 당근의 위력을 확인했다. 아침을 차리느라 냉장고의 야채 칸을 열자마자 당근의 포장에 쓰인 '원산지 제주 구좌'가 눈에 들어온 것이다. 검은 흙 잔뜩 묻어 건강한 당근을 꺼내 물로 씻는 동안 머릿속이 아련했다. 제주에서 묵었던 제5올레길 근처의 풍광이 당근의 아릿한 향을 타고 전해져 왔다.

그날 이후 나의 아침 준비는(물론 아내의 조수 역할이지만)

황홀한 경험이 됐다. 원산지가 당근에만 있는 건 아니니까. 지난 일요일 소금기 쫙 빼 초고추장에 찍어 먹은 물미역과 꼬시래기는 전남 장흥발(發)이었다. 엊그제 세로로 길게 썰어 프라이팬에 부쳐 먹은 새송이는 충남 아산의 흙을 머금었다. 오늘 아침 완도산 미역에 함께 넣어 끓인 홍합은 통영의 바다를 품었다.

제주에서의 짧은 방황 이후, 나는 식탁에 앉아서도 우리나라 이곳저곳의 흙냄새와 바다 내음을 맡는다. 물론 포장 비닐에 적힌 원산지를 확인하는 것만으로 자연이 내게 다가오진 않지만, 무슨 소환술처럼 특별한 신공(神功)이 필요한 것도 아니다. 투박한 식재료들을 냉장고에서 꺼내 씻고, 자르고, 데치고, 볶고, 찌는 동안 광활한 자연이 우리 집 부엌으로 기어 들어온다. 그거 참 멋진 일 아닌가. 팍팍한 도심에 앉은 채 숲과 밭과 바다의 한가운데로 순간 이동을 감행하다니. 그래서 요즘도 나는 아주 감사한 마음으로, 제주 구좌읍의 화산재 먹고 자란 빛깔 좋은 당근을 가늘게 채 썰어 올리브유에 볶곤 하는데······.

아, 그러고 보니 우리 집에서 무언가 볶을 때 쓰는 퓨어

(pure) 올리브유는 스페인 원산이니까, 이건 지중해의 햇살과 바람을 담고 있겠구나……. 그렇게 전남과 제주를 넘어 지중해까지 돌아다니느라 나는 곧잘 프라이팬 앞에서 멍한데, 그럴 때마다 아내는 "야채 다 볶았으면 어서 밥 푸라"고 말한다.

# 푸드트럭의 '맛'이 궁금했다

푸드트럭이 한창 유행할 때다.

뉴 트렌드(new trend)에 대한 불신과 미식(美食)에 대한 욕구를 동시에 품고 어느 주말, 서울 동대문을 찾았다. 푸드트럭의 실체와 푸드트럭에서 파는 요리의 맛이 궁금했다. 동대문디자인플라자(DDP) 뒤쪽으로 '밤도깨비'란 이름을 내건 야시장이 열리는데, 그 야시장의 주요 테마가 푸드트럭이란 얘기를 들었다. 바람 좋은 시월의 토요일이었다. 오후 5시 DDP 앞, 조그마한 아트 부스에 들어가 한 젊은이에게 물었다.

"근처에 푸드트럭들 모인 곳이 있다던데요?"

"아, 건물 뒤쪽으로 가시면 불야성이에요."

부스를 박차고 나오기까지 한 그의 친절을 따라 DDP 건

물 사이로 들어섰다. 아직 시간이 일러 불야성(不夜城)은 아니었지만, 예감은 할 수 있었다. DDP 뒤쪽에 두 줄로 바짝 붙은 수십 대의 1톤 트럭들이 저마다 바빴다. 색색의 트럭들 속에서 검정색 옷과 마스크를 한 젊은 셰프들은 식재료를 다듬거나 익히고 있었는데, 너무 분주해 말을 걸 분위기가 아니었다. 그러나 강한 풍미와 연기만 휘날릴 뿐, 요리의 실체는 드러내지 않은 푸드트럭들의 거리에서 나는 말을 걸어야 했다(잡지에 푸트트럭에 관한 글을 써 주기로 했다). 넓은 프라이팬 위로 넉넉한 양의 소고기와 양파를 볶고 있는, 첫 번째 트럭의 젊은 셰프들에게 물었다. 'MEAT'라는 글자가 트럭 위로 큼직한 '고릴라 바비큐' 트럭이었다. 9000원짜리 '오리지널 스테이크'와 5000원짜리 '왕자치즈 감자'가 메뉴의 전부다.

"스테이크 주문할 수 있을까요?"

"아, 6시 돼야 드실 수 있어요. 여기 트럭들 같은 시간에 시작합니다."

"그래요? 그런데, 스테이크에는 고기만? 다른 야채도 함께……?"

"죄송한데, 지금 저희 바쁠 때라서……. 사장님이랑 말씀 나누시죠."

졸지에 이동식 레스토랑의 젊은 사장을 소개 받았다. 올해 25세, 이○○ 사장이었다. 셰프들과는 친구 사이인 듯했다. 오픈이 임박한 시간에 미안했지만 뉴 트렌드에 대한 불신과 미식에 대한 허기를 동시에 풀 수 있는 기회를 포기하긴 싫었다. 레시피부터 물었다. 젊은 이 사장은 '핫 베지터블(hot vegetable)'이란 용어를 세우며 재료를 읊었다.

"브로콜리, 감자, 토마토, 양파가 들어가죠."

제대로 된 구색이다. 프라이팬에서 보기 좋게 그을려지고 있는 양파가 탐스러웠다.

"소고기는 어느 부위를 쓰시는 거예요?"

"부챗살 씁니다. 미국산이고요. 고객들의 입맛을 오랫동안 고려해서 고른 겁니다."

"푸드트럭들이 스테이크를 주로 내놓는가 봐요. TV에서 봐도 그렇고."

"오늘 동대문 행사장에 있는 푸드트럭이 45대 정도 됩니다. 어느 행사장이든 20~30퍼센트는 스테이크 메뉴라고 보심 돼요."

그러고 보니 야시장에 진입해 슬쩍 둘러본 것만으로도 스테이크를 파는 트럭들이 많았다. 이 사장이 파는 '오리지널 스테이크' 말고도 으깬 감자와 마늘빵을 가세시킨 '스테이크

박스'가 있었고, 양배추 샐러드를 곁들인 '토시살 버터구이'
도 크게 보아 소고기 스테이크의 범주였다. 흑돼지 스테이크
를 파는 곳도 있었다.

그렇다고 푸드트럭 전체가 스테이크 판이어서는 최근의
푸드트럭 붐이 불가능하리라 생각했다. 거리를 한번은 돌아
본 상태여서 또 다른 인기 메뉴를 짐작할 수 있었지만, 모른
체하고 물었다. 이 사장님, 대한민국 푸드트럭의 대세는 과
연 무언가요?

"세 가지입니다. 미트, 쉬림프, 포테이토."

그랬다. 푸드트럭 메뉴의 '빅3'라 해야 할까. 거리에서 또
이런저런 지자체들의 행사장에서 젊은이들의 입맛을 사로잡
는 재료는 소고기와 새우 그리고 감자였다. 스테이크 외에 실
제로 새우 요리를 파는 푸드트럭이 많았다. '쉬림프 전문'을
표방하면서, 새우를 갈아 만든 '멘보샤', 통새우를 재료로 삼
은 '쉬림프 롤'을 파는 트럭을 보았고, 태국식 새우 요리 '꿍
팟퐁 커리'를 주력으로 삼는 트럭도 지나쳤다. 인도의 향료
탄두리를 입힌 새우에 볶음밥을 추가한 '탄두리 쉬림프' 메
뉴도 기억났다. 소고기와 새우를 동시에 주력으로 내세운 곳
도 있었다. 감자는 감초였다. 다양한 요리에 감자가 등장했다.

저녁 6시, 곧 개장 시간이다. 낯선 이에게 푸드트럭 강의를 해 주고 있는 친절한 젊은이의 이력이 궁금했다.

"요리를 공부하셨어요?"

"고등학교 때 요리를 했고요. 대학 때는 외식경영을 배웠습니다."

전문가를 만났으니, 푸드트럭에 대한 남은 의문을 해소해야 했다. 각양각색 푸드트럭들의 플랫폼이라 할 포터·봉고 등 1톤 트럭들의 가격이 궁금했다. 푸드트럭의 창업 문제가 되겠다.

"저희 같은 경우에 9000만 원 들여 중고 트럭을 샀고요. 개조하고 인테리어 하는 데 추가로 2000만~3000만 원 썼습니다. 좀 많이 들인 편이죠. 뭐랄까, 이태원 스타일이랄까요? 저희 트럭 보시면 아시겠지만, 목재도 쓰고, 철제 그물로 모양도 내고……."

여러 가지 이야기를 들었다. 왕치즈감자와 스테이크 둘 다 대만의 명소인 스린 야시장에 갔다가 벤치마킹한 요리라는 얘기, 푸드트럭들은 행사 장사와 노방(路傍·길거리) 장사를 겸하는데, 노방 장사는 여러 가지 제약이 있어 쉽지 않다는 얘기……. 젊은 경영자 겸 셰프에게 듣고 싶은 얘기가 많았지만, 바쁜 시간에 장사하는 사람 붙들고 있는 게 예의는 아니

다. 나도 저녁을 먹어야 했다.

　저녁 메뉴를 기웃거리며 돌아다니는데, 푸드트럭 음식을 함께 맛보기로 한 후배 두 명이 나타났다. 나는 직전에 얘기를 나누었던 '고릴라 바비큐'로 돌아가 줄을 섰다. '오리지널 스테이크'를 꼭 먹겠노라 젊은 이 사장과 약속한 상태였다. 후배 둘에겐 스테이크 아닌 메뉴를 사 올 것을 권했다. 빈손으로 흩어졌던 우리는 10~20분 후 맛깔스럽게 생긴 요리들을 양손에 들고 다시 모였다. 가까스로 빈 테이블을 찾아 앉았다.

　푸드트럭계의 '빅3'는 우리 테이블에도 확연했다. 늘어놓고 보니, 소고기 스테이크와 새우, 감자가 빠지지 않았다. 거기에 길거리 음식의 전통적 강자 떡볶이를 추가한 것은 막내 후배였다. 그냥 떡볶이는 아니었다. 먹음직한 치킨 여러 조각이 떡볶이 사이로 섞여 있다.

　"곱창도 있고, 핫도그도 있던데요. 그리고 뭐더라, 생선 회 말고 소고기를 밥 위에 올린 스시 같은 요리 있잖아요."

　스시(すし)라……
　스시 얘기를 들으면서 퍼뜩 떠오르는 게 있었다. 푸드트럭의 문명사 같은 거, 아니 그건 너무 나간 거 같고, 요리사적

의미 같은 걸 떠올렸다. 자, '푸드트럭'이란 과연 무엇인가. 간단히 요약하면 '패스트푸드를 파는 이동 식당'이다. 모양새는 화려해졌을지 모르지만, 예전이라고 이동식 식당이 없었던 건 아니다. 1톤 트럭은 아니었지만, 수십 년 동안 한국의 거리에는 나무 리어카에 주황색 비닐 천을 덮어씌운 포장마차가 있었다. 포장마차들은 구석진 거리를 종횡무진하며 떡볶이·순대·오뎅(어묵)으로부터 소주와 우동까지 그야말로 다채로운 요리들을 선보였다. 거리의 입맛은 그들의 차지였다.

요즘의 푸드트럭처럼 젊은 셰프, 젊은 감각의 인테리어를 갖추진 않았지만, '원조 푸드트럭'이라 부르기에 손색없는 이동식 식당도 있었다. 트럭 본연의 파란색 외양을 그대로 노출시킨 채 찹쌀을 넣은 통닭을 빙빙 돌리고 장어를 굽고 계절에 따라선 멍게·해삼을 썰어 팔기도 하던 1톤 트럭들이 구청의 단속 없는 거리에 오랫동안 출몰하지 않았나.

그런데 그것들이 일본의 스시랑 무슨 관계? 길가의 트럭과 리어카의 역사를 거스르고 바다를 건너 시대를 치고 올라가다 보면, 200~300년 전 일본의 인구 100만 도시 에도(지금의 도쿄)에 이른다. 그리고 그 거리를 채우고 있던 포장마차들…… 이제 막 사 온 대여섯 종의 푸드트럭 요리를 앞에 두고, 후배들에게 에도의 포장마차가 탄생시킨 스시 얘기를 장황하게 들려주는 것으로 저녁을 시작했다.

"스시란 게 지금처럼 손으로 밥을 이쁘게 쥐어서 생선 조각을 얹는 게 아니었거든. 원래는 나무상자에다가 밥을 담고, 그 위에 절인 생선을 얹은 다음에 뚜껑으로 눌러놓았다가 잘라 먹는 식(오시즈시)이었던 거지. 우리가 아는 초밥, 손으로 쥐어 조그맣게 내놓는 스시(니기리즈시)는 에도의 푸드 트럭, 아니지 포장마차에서 탄생한 세계적인 음식으로……."

"그런데 그 얘길 왜?"

젊은 셰프들의 푸드트럭이 합법화된 지 오래다. 푸드트럭이 거리에 출현할 수 있게 된 건 2014년엔가 자동차관리법과 식품위생법이 바뀌면서부터다. 그때만 해도 푸드트럭이 2000대 창업되면, 6000명 이상의 젊은이들이 새 일자리를 갖게 될 거란 기대가 있었다. 그러나 언론의 보도와 동대문 야시장의 깜짝 열기가 푸드트럭의 실속을 대변하는 건 아니다. 여태 지지부진한 상태다.

그럼에도 불구하고, 푸드트럭의 미래를 두고 여러 가지 기대들이 나온다. 언젠가 서울 서초구가 강남역 9·10번 출구 근처의 재래 노점상들을 푸드트럭으로 개비시켜 큰 성과를

거두었다는 자료를 대대적으로 뿌리기도 했다. 그러나 DDP
의 푸드트럭도, 강남역의 푸드트럭도 아직 관(官)의 도움에
절대적으로 의존하는 걸음마 수준일 뿐이다.

스시를 만들어 내고, 수백 년 후 그 스시를 세계인의 고급
취향으로까지 정착시킨 '에도 푸드트럭'들의 신화를, 대한민
국의 푸드트럭들이 재현할 수는 없을까. 젊은 셰프들의 열정
과 노고가 프라이팬 위의 열기로 후끈한, 가을 밤 푸드트럭
들의 대열을 빠져나오면서 생각했다.

# 딤섬이 당신의 마음을 어루만진다

딤섬(点心)만큼 예쁜 요리를 못 봤다. 우리가 흔히 접하는 대로 정의하자면, 딤섬은 대나무 찜통에 쪄내는 각양각색의 미니 만두쯤 된다. 홍콩관광청이 자랑하는 대로, 딤섬의 '각양각색'은 어마한 수준이다. 딤섬 전문 레스토랑들은 경우에 따라 150가지가 넘는 딤섬 메뉴를 내놓는다. 그런데 그마저도 딤섬의 일부라는 게 홍콩관광청의 설명이다. 딤섬의 종류를 있는 대로 다 끌어모으면 2000개를 웃돈다는 설명이니, 중국인들의 평소 허풍을 염두에 두더라도 딤섬의 종류는 거의 세포 증식 수준이다.

중국의 요리를 4개 권역으로 구분한다. 베이징요리에 상하이요리, 쓰촨요리, 광둥요리까지 보태 넷이다. 딤섬은 그중 광둥요리의 보석이라 할 만한데, 이건 만두 진화사(史)의 맥락에서 어느 정도 감동적이다. 광둥성은 중국의 남부에 해당한다. 기후 여건상, 밀보다 쌀에 친숙하다. 만두의 발전에 있어 후진적이기 쉬웠다. 그러나 아름다운 꽃송이를 연상시킬 정도의 섬세한 피, 육즙 잔뜩 머금고 재료도 다채로운 소로 그런 약점을 극복해 냈으니 말이다. 뭉근하게 섞인 녹말가루 덕으로 투명하고 질겨진, 색색의 소를 은밀하게만 노출하는 딤섬 특유의 반투명한 피를 생각해 보라!

헷갈릴 정도로 종류가 많은 딤섬이지만 크게 보아 세 가지다. 껍질이 두툼하고 대체적으로 둥근 바오(包), 바오에 비해 피도 얇고 아담한 지아오(餃), 윗부분을 꽃봉오리처럼 열어 놓은 듯 화려한 마이(賣)가 있다. 여기에 차이(菜·야채), 러우(肉·고기), 샤(蝦·새우)의 재료를 구분하면 한자에 당황하지 않고 딤섬을 즐길 수 있다.

그런데, 영어권에서 딤섬을 표현할 때 빠지지 않고 등장하는 문장이 있다.

— Dishes that touch your heart!

당신의 마음을 어루만지는 요리!

멋지다.

딤섬을 '예쁜 미니 만두'로 정리했지만, 딤섬의 원래 의미는 지극히 시적(詩的)이다. 마음(心)에 점 하나를 찍는다(点)―. 점을 찍어야 하는 그 마음이 허기와 공복을 의미하는지는 모르겠지만, 우리 식 한자로 '점심(點心)'에 해당하는 딤섬은 원래 만두뿐 아니라 이런저런 간식거리, 요깃거리를 한데 묶어 표현하는 말이다. 그런데, 딤섬은 시적일 뿐 아니라 선적 (禪的)이기도 하다. 딤섬을 얘기하면서 빼놓을 수 없는 사연이 있다.

당(唐)의 대선사 중에 덕산 선감이란 이가 있다. 덕산은 원래 선승이 아니었다. 경전에 해박했고, 불립문자니, 교외문 자니 하는 선(禪)의 가르침을 경멸했다. 중국 남부의 선승들을 '남방의 작은 귀신'이라고까지 싸잡아 비난했다.

덕산이 그 귀신들을 때려잡겠다면서 걸망에 『금강경』(金剛經) 해설서를 잔뜩 짊어지고 선의 본거지인 중국 남부로 떠났다. 그런데 길 가는 중에 요깃거리를 파는 노파를 만난다. 배가 고파 노파에게 말을 건네는데 노파가 걸망에 든 책을 궁금해한다. 『금강경』을 해설하는 책들이라고 일러 주었더니 노파가 걸망을 힐끗 넘겨다보면서 질문을 던진다.

"하나 물을 텐데 대답을 잘 하시면 점심을 거저 드릴 거고. 아님 딴 데로 가 보시오."

엥? 뜨악한 덕산에게 예상치 못한 질문이 퍼부어진다.

"『금강경』에 보면 과거의 마음도, 현재의 마음도, 미래의 마음도 얻을 수 없다고 하는데, 스님께서는 어느 마음에 점심을 드시려오?"

"……."


어느 마음(心)에 점(点)을 찍겠는가? '딤섬(点心)'에 관한 노파의 질문 하나가 『금강경』에 대한 지식으로 가득한 덕산의 자부심을 일거에 무너뜨렸다. 덕산은 바로 걸망을 풀어, 안에 든 경전을 모조리 불태웠다. 그리고 '남방의 귀신'들에게 가는 발길을 서두른다. 선(禪)의 가르침을 구하러……

덕산에게 건네질 뻔 했던, 노파의 광주리 속 요깃거리가 어쩌면, 요즘 홍콩의 번화가 레스토랑에서 파는, 바로 그 딤섬이었을까?

# 궁극의 레시피를 만났다

마지막 이야기다. 딥섬의 비밀을 간직하고 있던 신비의 경전 『금강경』으로 마무리해 보려 한다. 『금강경』은 다른 '경'처럼 붓다의 말을 기록한 텍스트인데, '문자'를 배격하는 선(禪) 불교에서도 중시할 만큼 독특한 경전이다. 영어로는 '다이아몬드 수트라(Diamond Sutra)'다. 사파이어나 루비도 아닌 다이아몬드 경전이라니…….

얼마나 대단한 경전인지는 따로 설명 안 해도 되겠지.

이제부터 『금강경』에 담긴 레시피, 그 비급에 대해 얘기하려는 참인데, 『금강경』이 대단한 만큼 그 레시피 역시 대단하다. 그러나 대단한 대신 무지 어렵다. 그래서 특별히 제 경험을 숨김없이 노출하면서 설명하겠다. 무지 어렵다고 했는데, 첫 번째 난관은 맛·냄새에 대한 『금강경』의 반감이다. 이런 문장이 나온다.

"색에 머물지 말라. 성·향·미·촉·법에도 머물지 말라."

바로 뒤에 "머무는 곳 없이 마음을 내어야 한다"는 문장이 따라 붙는데, 몇 번 보아도 무슨 뜻인지 알 수 없는 이 문장이야말로 천년도 훨씬 전에 선불교의 시작을 알렸던 꽹음 같은 문장이다. "색과 성·향·미·촉·법에 머물지 말라"는 얘기도 알쏭달쏭하기는 똑같지만, 그 엄청난 텍스트의 바로 앞에 있으니 중요한 문장임에 틀림없겠다. 그런데 그렇게 중요한 문장 속에 향(香)과 미(味), 즉 냄새와 맛이 등장하는 것이다. 그런 것들에 절대 신경 쓰면 안 된다는 맥락으로……

요리 만드는 방법이 레시피다. 요리는 저마다의 맛과 냄새를 가진 재료들을 모아 놓고는, 그것들을 지지고 볶고 굽고 찌거나 삶은 뒤에, 때로는 따로 때로는 섞어 내놓는 작업이다. 그 과정에서 원재료가 지니고 있던 맛과 냄새들이 합종연횡하며 새로운 맛과 냄새를 출현시킨다. 그런 게 요리인데, 맛과 냄새를 배격하면서 레시피를 말할 수 있을까.

그러나 『금강경』은 나에게 있어 정말 거대한 레시피였다. 내 생활을 송두리째 바꾸어 놓은 초유의 요리 가이드였다. 아침·점심·저녁으로 맛과 냄새가 진동하는 부엌과 식탁으로 나를 이끈 초강력 자극이었다. 이쯤 해서 『금강경』의 웅장한 시작을 보자. 첫 번째 챕터인데, 내 임의로 줄였다.

"이와 같이 나는 들었다. 부처님이 제자 1250명과 함께 있다가 밥때가 되자 제자들을 이끌고 발우를 든 채 성으로 들어가 밥을 얻었다. 그러곤 원래 있던 곳으로 돌아와 밥을 먹었다. 옷과 발우를 거둔 후 발을 씻고 자리에 앉으니……."

1250명의 행렬이 성내를 천천히 돌며 공양을 받는 모습, 다시 거처로 돌아와 밥을 먹고, 그릇을 깨끗이 씻은 뒤 옷매무새를 가다듬은 연후에야 정좌하는 그 모습……. 나는 다이아몬드처럼 빛나는 진리가 펼쳐지기 시작하는 곳이 밥 먹고 설거지하는 일상이라는 『금강경』의 메시지에 감동하고 감탄했다. 울고 싶을 정도였다.

나는 바로 다음 날부터 거실의 TV 앞 소파를 떠나, 식탁을 스윽 지나친 뒤, 부엌으로 진입했다. 한 손에 식재료, 한 손에 칼을 들고 거룩하고도 숭고한 마음으로 음식을 만들기 시작했다. 뒤늦었기에 더욱 간절한 태도로 맛과 향의 세계에 입문했다.

『금강경』이 나에게 레시피가 된 사연이다. 『금강경』은 나에게 한 번도 요리의 구체적 방법을 제시하지 않았지만, 광대무변한 요리의 세계로 나를 내몰았다. 『금강경』은 나에게 레시피를 넘어서는 레시피인 동시에, 메타 레시피(meta-recipe)인 동시에, 궁극의 레시피이다.